台所の心理学

池見葉満代 聞き書き

秋月枝利子

海鳥社

『台所の心理学』出版によせて

九州大学総長　久保千春

池見葉満代《いけみはまよ》様がこのように本をまとめられて出版されましたことに、心から敬意とお慶びを申し上げます。

幼少期から現在に至るまで克明に読みやすい文章で書かれており、人生ドラマを見るようで、大変興味深く読ませていただきました。支える人からパートナーになったと書かれているように、池見夫人から池見葉満代になった軌跡が書かれており、葉満代様の自己分析レポートでもあります。

池見西次郎《ゆうじろう》先生は心身医学、心療内科のパイオニアであり、多くの素晴らしい業績を残されています。昭和三十六（一九六一）年、精神身体学教室が設立され、昭和三十八年に心療内科が出来ました。

私は昭和四十八年に心療内科教室に入局しましたが、この本を読みながらその時々のことが思い出されました。池見先生は、私たち一年目の研修医を、自宅の会食に招待されましたが、その時に奥様と初めてお会いしました。

昭和四十九年三月、池見先生のお母様の多摩様が入院されていましたが、ベッドサイドで声をかけると返事されていました。亡くなられる当日、池見先生は学生に講義をされていました。

平成五（一九九三）年、私が心療内科教授に就任して挨拶に行った時、これからますます忙しくなるので、自彊術《じきょうじゅつ》をぜひ覚えて続けたら良いと話され、先生自ら教えてくださいました。また、カセット一式をいただきました。池見先生が最後の著書『肚《はら》・もう一つの脳――究極の身心健康法』（潮文社）を書かれた時や、亡くなられる前に九大病院心療内科に入院された時のことが思い出されます。

池見先生は、晩年よく「無知の知」、「呼吸や腹筋の大切さ」、「ヘルス・アート」、「自彊術」などについて話されていましたが、これは葉満代様の実践的な体験から出てきたことがよく分かります。

葉満代様は九十六歳の現在でも体も頭脳もしっかりしておられます。葉満代様の実践的な体験を多くの方が知り、活用していただくことを願っています。

二〇二〇年四月二十日

刊行に寄せて

公益社団法人自彊術普及会会長　久保穎子

池見葉満代さんの貴重な人生を記した本書の出版にあたって、私が一文を寄せる日がくるなんて……数々の思い出が次々と蘇ってきて、とりとめのないノスタルジックな思い出話に終始しそうです。

私たちの出会いは四十数年前のことです。四十年もたつと当時の自彊術《じきょうじゅつ》仲間も少なくなり、皆おばあちゃんになってしまっていますが、あの頃の私は、葉満代さんから見れば多分、三十代の半ばの生意気な婦女子でした。人生の苦労を深く知る経験もなしで、自彊術にかかわり始めた頃でした。

朝日カルチャーセンター福岡の教室から二人の道行きは始まりました。当時はバブル期で、世間の健康法熱、カルチャー熱は相当のものでした。教室見学の方が百人以上も押しかけて大変だったことを思い出します。

その頃、キャピキャピで怖いもの知らずの私はローカルテレビに出演し、物おじせずに自彊術を語り、紹介しました。

自彊術を皆に正しく伝えることこそが使命と張り切っていた私の前に、そのテレビがきっかけとなり現れたのが葉満代さんでした。ほっそりと弱々しい立ち姿、なのに満面の笑みをたたえて。穏やかで愛らしい葉満代さんの秘密は、後に少しずつわかっていきます。

ともかく葉満代さんは直感的に自彊術を理解し、気に入ってしまわれました。私のハチャメチャな物言いやふるまいに興味を持ったのか？　クラスの仲間たちが良かったのか？　毎週欠かさずに通ってくださいました。

そして、数カ月か数年後か、私は葉満代さんから忘れられない一言を聞くのです。

「お教室が終わってタクシーに乗ると、運転手さんに『今日は何かいいことがあったんですか？』と聞かれたのよー」

この言葉こそ自彊術の真髄を表していると直感しました。彼女の奥に秘められているやっかいごとの数々を払拭することができる。いいことなんてなにもない日々を送っていたのに……。

全身が整えば、一番大事な脳（心）が整う。いつの間にか彼女の心は充分に整っていたのです。本物の笑顔が思わず出現していました。

池見酉次郎先生の医学理論、調身《ちょうしん》・調息《ちょうそく》・調心《ちょうしん》の実現された姿。これこそが自彊術そのものの姿。たった一言の言葉なのに忘れられません。

酉次郎先生は、自彊術を理論の実践に取り入れられ、私たちはその研究成果を待ちました。自彊術を深く理解した先生はその成果を様々な方法で発表されました。会合や講演会で、ご夫婦での講義と実技が披露されました。私も先生のパフォーマーとして同行し、親しみを持ったおつき合いをしていただき、忘れ得ない思い出となっています。

「すべての病はストレスが関わっている」。そう、心身医学は医学の基本といえます。

九州大学に日本最初の心療内科を創り、世界の心身医学のリーダーとして研究に生涯を通して邁進《まいしん》し、貢献してくださった池見酉次郎博士、そして万全の力で支え続けた葉満代さん、あっぱれ！　です。

お二人が自彊の友であることは、私にとって終生の誇りです。私たち自彊の友は葉満代さんを見守り続けます。そしてエールを送り続けます。

二〇二〇年四月二日

はじめに

池見葉満代

二〇一五（平成二十七）年四月二十日、市販の便秘薬が効かなくなり、四十年ぶりに行った病院で腸閉塞《へいそく》が判明。「このままだと命がありません。即、入院してください」と医師に言われました。

後に大腸癌だったと知りますが、この時は「効く薬をいただければ」と軽い気持ちで、洗濯機に洗い物を入れたままの受診でしたので、医師の言葉を聞いた時は驚きました。

急な入院準備を長男・隆雄の妻・まち子さんにお願いすることになり、申し訳ないと気の毒がる私に、「お母さん、当たり前です」と言うまち子さんに感謝しつつ、そ

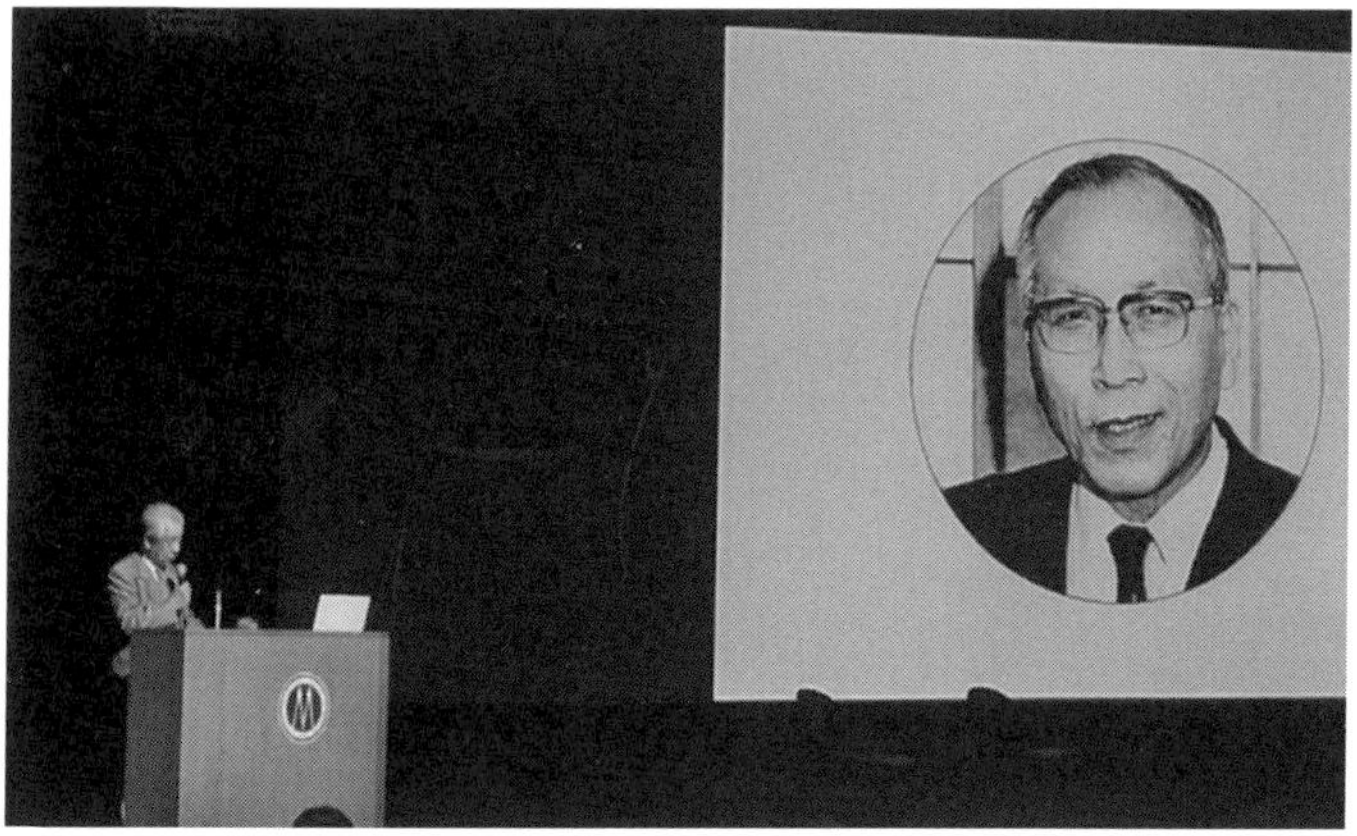

中川哲也九州大学名誉教授の講演

のまま入院。上行結腸《じょうこうけっちょう》を二〇センチ切る手術を受けたのは四日後、夫・池見酉次郎《いけみゆうじろう》の十七回忌の催しの五週間前でした。

　この催しは、長男・池見隆雄が代表理事を務める一般財団法人日本心身医学協会が主催で、九州大学病院キャンパスの九州大学百年講堂で行なわれる予定でした。この講堂は、九州大学医学部創立百年を記念して九州大学医学部同窓会、教授会で構成された「医学部創立百周年記念事業後援会」により建設され、九州大学に寄贈されたものです。

　式の内容は私の式舞、長唄「千代の友鶴」で始まり、中川哲也九州大学名誉教授の講演「心療内科のあゆみ」、続いて夫と縁のある方々による即興会談です。

プログラムが書かれた案内パンフレットは配布ずみで、変更したくありません。不安はありましたが、「手術をしても、五週間あれば予定通りに踊れる」と考え手術を決断しました。

術後二、三日はピリッと傷口が痛みましたが、車椅子に乗ったのは一回だけ。点滴を持って病院内をサッササと歩く様子に、看護師たちも驚いていました。医者は「できるだけ、安静に」と指示されますが、身体を動かすと脳も働き、気分も体調も良いのです。

式舞「千代の友鶴」を舞う

ベッドの上で起き上がり、手だけ動かして振りのおさらいをし、術後十日目から、看護師さんの目を盗んで、傷口が痛まない動きで自彊術に励みました。自彊術は四十年以上、心身の健康のために毎日欠かさない健康体操です。驚くほど垂れた太ももや腕の筋肉も、二週間で元の状態になり、筋力回復にも効果がありました。

心療内科創設者の池見酉次郎と縁のある方々による即興会談

そして催し当日、「上手く踊れなくて当然」という吹っ切れたような気持ちで、肩の力を抜いて舞いました。すると、「正《まさ》しく上虚下実《じょうきょかじつ》。今までで一番良い踊りでした」と師匠に言われ、ヘルス・アートの実践者としての大役を無事に果たすことができたのです。

二〇二〇年九月に九十七歳になる無知無能の私ですが、常々「心と身体が体験したことを、心身医学の研究に役立てるのが使命」と思いながら生きてきました。

それでは、私の子供時代の懐かしい日々や、夫・池見酉次郎との結婚生活、自彊術や舞との出会いからヘルス・アートに至る思い出話に、どうぞおつきあいください。

二〇二〇年三月十八日

台所の心理学◉目次

第三章　本当の私に――自彊術との出会い

第四章　夫とともに生きて……149

第五章　夫亡きあとに……177

第一章　嫁ぐまでの日々

生家の池亀酒造と曾祖父・蒲池源蔵

私は一九二三（大正十二）年九月一日に起きた関東大震災後の同月二十五日、池亀《いけがめ》酒造三代目当主・蒲池龍雄《かまち》と道代の長女として生まれました。

池亀酒造は、筑後久留米藩の最後の藩主有馬頼咸《ありまよりしげ》に師範代として仕えた曾祖父・蒲池源蔵が一八七五（明治八）年に創業した造り酒屋です。今も創業の地である、福岡県久留米市三潴町《みづま》草場で六代目が酒造りに励んでいます。

三潴町は福岡県の南部に位置する筑後平野にあり、家の前には筑後川が流れています。筑後川は「筑紫次郎」とも呼ばれ、日本三大暴れ川として本州の坂東太郎《ばんどうたろう》（利根川）に次ぐ、九州第一の大河です。この地は隣の城島町《じょうじま》（久留米市）と共に酒造所が立ち並ぶ、福岡県における有力な酒処です。

源蔵は質の良い酒を求めて灘（兵庫県）で学び、その知識と経験で九州の酒造業界に貢献しました。その功績に対して一九〇九年、緑綬章《りょくじゅしょう》をいただきました。受章にあたっての「蒲池源蔵緑綬章下賜ニ関スル取調書」が残っています。少し紹介しますと、「族籍」は「福岡県士族　酒造業」とあり、「賞罰任免《にんめん》」には剣の達人として闘った他藩との試合の数々や、創業からの造石高《ぞうこくだか》が記されています。酒の販路は、九州全域から東京、韓国、清国とあり、海外まで広がっていたことがわかります。

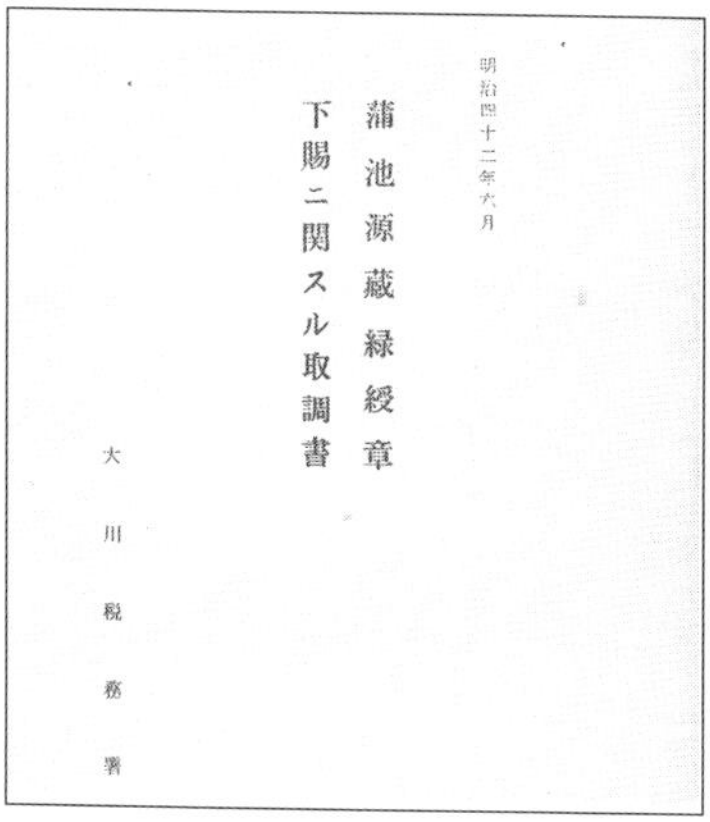
明治四十二年六月
蒲池源蔵緑綬章
下賜ニ関スル取調書
大川税務署

明治42年６月、大川税務署作成の「蒲池源蔵緑綬章下賜ニ関スル取調書」

源蔵の一番の功績は、杜氏《とうじ》を養成して派遣したことで、派遣先十七カ所と杜氏名も記されています。派遣先は酒処の筑後地方だけでなく熊本、長崎、宮崎まで及び、派遣後も無償で指導に行ったそうです。そう、銘酒の里を表す言葉に「東の灘、西の城島」と城島が挙げられるのは、源蔵の功績といっても差し支えないでしょう。

明治時代の池亀酒造外観。２本あった煙突は今では左側の１本のみになっている

源蔵の素晴らしさは、地域と酒造界に貢献したことを自慢することもなくたんたんと実行したことです。筑後川岸に源蔵をたたえる石碑「賞徳碑《しようとくひ》」があり、かつては縁者が集い「源蔵徳翁会《とくおう》」が行なわれていました。

八十三歳で亡くなった源蔵の記憶は、私にはありませんが、初曾孫の私を抱き、とても喜んだと両親から聞いています。

蒲池家には水道があり、当たり前ですが蛇口を捻ると水が出ていました。ところが、嫁いでからは井戸水を汲んで家事をするようになり、水道が当たり前でないことを知りました。

蒲池家の水道は、源蔵の酒造りにおける試みの一つで、阿蘇外輪山《がいりんざん》を源とする筑後川の良質な水で酒造りをしました。源蔵が隣町の城島町に浄水場と水道局を

現在の池亀酒造外観

誘致したと嫁いでから知り、改めて感心した次第です。

蒲池家

生家は、石垣の上にあり、私の身長（一メートル五〇センチ）位の屋根付きの土塀に囲まれていました。

三千坪の敷地の中には武家屋敷風の二階建て母屋、酒蔵、そして杜氏たちが居住する離れ、大小の木々や灯籠のある広い庭がありました。

筑後川側の正門から前庭を下ったところに玄関があり、玄関の間《ま》を挟んで右側は縦に三間続きの座敷があり、左側には店座敷と事務所、奥に居間と台所、廊下を挟んで祖父母と両親の部屋がありました。

座敷の床の間には家宝の刀が飾られ、庭に面した座敷の縁側のつきあたりに三畳のお手洗いがあり、横には竹の縁台と、柄杓《ひしゃく》を置いた大きな手洗い甕《かめ》が置かれていました。事務所の先は広い土間になっていて、注連縄《しめなわ》が張られた酒蔵に続いていました。女性の杜氏が誕生している現代では考えられませんが、女人禁制の場所でした。

小さな舟が行きかう筑後川は、西は有明海にそそぎ、川向こうの広々とした田園風景の遠くには夕陽が沈む脊振山《せふりさん》、東の果てには耳納山《みのうざん》が見えます。筑後川は生活や農業には欠かせない水源ですが、村が低地であることや土壌の水はけの悪さが重なり、台風や大雨、長雨で毎年のように氾濫《はんらん》しました。人々が小舟に乗って浸水した家々を巡り、おにぎりを配っていたという記憶があります。蒲池家は石垣のお陰で安全で、「蒲池さんの家が浸水したら、村は全滅」と言われていました。

蒲池家の家族

母屋には祖父母と両親、長女の私と二歳年下の勵《つとむ》、八歳年下の徳子、一回り年下の幹治《みきはる》、お手伝いさん二人と子守一人の総勢十一人が居住していました。また離れには、遠方からきた杜氏など蔵人《くらびと》七、八人とお手伝いさん一人が住み込み、農閑期に行なう酒造りの半年間はさらに七、八人が加わっていました。

記憶の中の祖父・競《きそう》は大柄で美男子、角帯をキリリと締め、いつも毅然と背筋を伸ばして社長室である店座敷に座り、途切れることのない来客の応対をしていました。また、何かもめ事があると、家に呼んで、酒を飲みながら話をまとめていました。そして、その役割は祖父から父へと受け継がれます。

父・龍雄は一九〇一（明治三十四）年生まれで、祖父ゆずりの美男子でしたが、早くに亡くなった祖母が小柄だったせいか、父の代から私たち兄弟姉妹も皆小柄になりました。しかし、店座敷に座る佇まいも、警防団長や村会議員、村の相談役を務める姿は祖父と同じでした。

酒造りといえば荒々しいイメージの時代でしたが、父は毎朝お謡《うた》いを唄ってから酒蔵に入り、時間があれば座敷で刀の手入れをする、静かで穏やかな、そして謙虚な男でした。

その父が一度だけ激怒したことがあります。それはある日、家族がすき焼きを食べていた時のことです。蔵人たちなどの夕食は、箱膳と呼ばれる一人用の小さなお膳で、その日のおかずは魚でした。筑後川は川魚も多く、エツやサヨリなどが食卓によく上がりました。離れまで肉を焼く香ばしい匂いが漂うなか帰宅した父は、「蒲池の家族だけが贅沢をすることは許されない」と怒ったのです。

その時代の使用人の一般的な主食は、「どんぶり一杯のご飯」までとされていました。しかし、池亀酒造では「米はお酒の材料だから、いくらでもあるじゃないか」と、お代わり自由でした。祖父や父が使用人を大切にしていたことは、彼らがのびのびと仕事をする様子からもうかがえ、相互の信頼関係を感じていました。使用人にも信頼され、地域の人々にも慕われている。それが、池亀酒造の当主の姿でした。

母・道代は一九〇三（明治三十六）年生まれです。祖父の妹の娘で、父の従妹にあたります。実家は柳川です。

幼い時から二歳年上の父を兄のように慕い、「龍雄兄さんのお嫁さんになる」と自ら望んで嫁いできたそうです。自分の意思を持つ女性だったといえます。

私は母から叱られたり、躾《しつけ》られたりした記憶はありません。母は学校の催しには必ず出席し、先生と密に交流し「何でそんなこと知っているのかしら」と、驚くほど学校での出来事を知っていました。今考えると、関心を持って信じて見守ってくれていたのだと思います。

蒲池家の縁側にて、中央の源蔵をはさみ、左に龍雄、右に競

母には、当主の妻としての仕事もありました。親戚や地域の人々、小売り酒屋、原材料の仕入れ先、税務署など様々な父の来客の接待に加え、いつもは離れに居住する蔵人たちを座敷に招いて行なう激励会と慰労会も、母の仕事でした。激励会は桶洗いで酒造りが始まる十月に、慰労会は酒が完成した三月に賑やかに行なわれました。

「ばば様」と呼ぶ祖母・静枝は、祖父の妻が亡くなった後に嫁いできた後添えです。久留米の医師の娘で弟は軍人、小唄が得意な粋な女性でした。草場村の夏祭りや久留米の水天宮《すいてんぐう》の春大祭や夏大祭は、ばば様に連れられて行きました。久留米の水天宮は、日本の水天宮の総本宮にあたります。

一所懸命に夫に仕え、家族や使用人にも優しく気配りする、祖母と母の立ち居振る舞いは、その後、私が嫁いでからの私の模範になりました。

二人の叔父と二人の叔母もよく蒲池家に出入りしていました。父は七人兄弟の長男で、次男の孟《たけし》叔父さんと三男の興助《こうすけ》叔父さん。そして、三女の鳴子《なるこ》叔母さんと四女の由子《よしこ》叔母さんです。長女の叔母は東京の軍人に、次女は浮羽郡の「光伝寺」に既に嫁いでいました。

家族が集う正月などの行事では、男性は子供であっても上座に座り、女性は晴れ着を着て下座に座ります。男尊女卑ではなく、それぞれの立場を自覚し、役割を果たすためです。明治から続く伝統を守り、祖父、祖母、夫、妻、長男、長女、弟、妹、使用人の営みが整然と行なわれていました。

客の一人が「東の〇〇家、西の蒲池家」と、蒲池家が西の円満な家の典型と評したことがありました。損得勘定も、兄弟喧嘩もない蒲池家は、後で考えると天国のような場所でした。少なくとも当時の私は、人を疑うことも、悪意の人がいると思うこともありませんでした。

幼い日々の想い出

一九三一（昭和六）年、満州事変が始まった年に、私は草場村の尋常小学校に通い始めました。学校には「教育勅語《ちょくご》」や昭和天皇、皇后の写真（御真影《ごしんえい》）をおさめる奉安殿《ほうあんでん》がありました。その時代は地域が一つの家族のようで、上級生が下級生の面倒を何かとみていました。そのお陰でしょうか、学校から行く苗代《なわしろ》の虫とりや稲刈りなどの農作業の手伝いも、私にとっては楽しい遊びのようでした。

夏は二人の叔父たちが筑後川で遊んでくれました。手前岸から向こう岸まで往復四〇〇メートルを、叔父の背中に乗って行き来するのです。亀の背中に乗る浦島太郎の気持ちです。向こう岸は砂浜のようになっていて、「青貝」と呼ぶシジミがたくさんいて、時折舟で貝掘りにも行き、お味噌汁にしていただきました。後に博多で小さく黒いシジミを見て、違いに驚きました。

小学校三年の夏は、人生で最高に幸せな夏でした。夏休みの半分を佐賀県唐津市の海辺の家で、叔父と叔母、弟妹と過ごしたのです。毎日叔母たちの手料理をいただき、叔父たちと浜辺で遊び、海で泳ぎました。不思議なことに、それまで一年に四十日くらい学校を休んでいた虚弱体質の私が、この時から女学校を卒業するまで、一日も休まない元気な身体になりました。潮風と海水に触れ、思い切り遊んだことが、体質を変えたのでしょう。

暑い夏の夜は座敷の襖《ふすま》を開け、筑後川から吹く涼しい風を家の中に通し、家族でレコードを聴いたりしました。家族が見渡せる場所に寝転がった祖父に、由子叔母さんがお灸をほどこします。蓄音器は、その頃売り出されたばかりの珍しい電気製品でした。父が買ってきたレコードは、子供用の「ポチとカロ」や「チャメ子の一日」、そして、大人用の小唄や流行歌、軍歌がありました。

季節を問わず、たびたび家族全員で高良山《こうらさん》に登り、高良大社におまいりしました。高良大社は、歴代皇室の信仰も厚い、筑後一の格式ある神社です。帰りに久留米の「西京庵」で大好物の親子丼をいただくコースは、弟妹が大きくなっても続けられました。

学校での正月元日、二月十一日の紀元節、四月二十九日の天長節、十一月三日の明治節の行事。草場村の天満宮で行なわれる神嘗祭《かんなめさい》と新嘗祭《にいなめさい》。自宅での正月、雛祭り、

小学校時代の葉満代。前列右から２人目の洋装姿

端午の節句、七夕と一年が式典、祭り、行事で瞬く間に過ぎました。

女学校時代

祖父母と両親に守られ、無邪気に叔父や叔母に遊んでもらう蒲池家の日々、それは永遠に続くように思えました。しかし、それは時とともに変わります。夕食後に居間で、ばば様の小唄を聴きながら、母や叔母たちと酒袋《さけぶくろ》を縫ったり繕《つくろ》ったりしていました。酒袋は酒造りの最終段階に醪《もろみ》を入れて絞る、五〇センチ×八〇センチの木綿の道具です。女だけの楽しい時間でしたが、由子叔母さんも鳴子叔母さんも嫁ぎました。

いつしか祖父にお灸をするのは私の役割になっていました。

孟叔父さんは京都大学卒業後、浅野セメントに勤務。興助叔父さんは立教大学を卒業し、比翼鶴《ひよくつる》酒造（久留米市城島町）に婿養子に行きました。

そして私も、三潴尋常高等小学校から久留米市内の日吉尋常小学校に転校します。母が県立久留米高等女学校の入学試験に備えてのことでした。日吉尋常小学校の同級生には、当時、久留米師団にいた東條英機氏の次女・満喜枝さんや、ブリヂストンタイヤの創業者・石橋正二郎氏の長女・安子さんがいました。安子さんは後に鳩山威一郎夫人となり、由紀夫、邦夫兄弟の母親になります。お二人とも東京の女学校に通いましたので、その後会うことはありませんでしたが、「袖振り合うも多生の縁」と申します。戦後、東條英機氏が戦争責任を問う東京裁判にかけられ、絞首刑になった折には、満喜枝さんの悲しみに、また、鳩山威一郎氏や由紀夫、邦夫兄弟のニュースを聞くたび、安子さんの気持ちに思いを馳せました。

一九三七年、福岡県立久留米高等女学校に入学しました。ちょうどその頃、大川鉄道という軽便《けいびん》鉄道があり、大川鉄道が九州鉄道に吸収合併され、ガソリンカー（気動車）に代わりました。草場駅からガソリンカーで大善寺へ、そこから西鉄電車に乗り換えて上久留米の女学校に通いました。同じ年の七月、盧溝橋事件から日中戦争が始まります。

入学と同時に迷わず水泳部に入部しました。叔父に筑後川で遊んでもらっていたお陰で、いつの間にか一人で向こう岸までの往復四〇〇メートルを難なく泳ぐことができるようになり、成績は忘れましたが、県大会の平泳ぎの部にも出場しました。

学校では薙刀《なぎなた》訓練や、縦や横に一糸乱れず並んで行進する横隊訓練がありました。「銃後の守り」といい、戦争に直接関わっていない国民も、戦争の遂行と勝利を支援するための訓練でした。今考えるとのんきなことですが、銃後の守りの自覚より、訓練時に制服のスカートの裾の白線が一斉に動くのを見て、「美しいなあ」と感じていました。白線は、私が入学した年に赴任した松尾校長が、どこで、誰に見られても久留米高等女学校の生徒と一目でわかり、恥ずかしくない振る舞いをするように入れたものでした。制服を着ると誇らしく、少し背筋が伸びました。

お弁当にも戦争の影響がありました。週に一回、「不自由をしている戦地の兵隊さんと共にある」ことを目的に、麦ごはんに梅干しだけの「日の丸弁当」の日があり、違反した人は厳しく叱られました。

酒の原料の砂糖や米も不足し、池亀酒造は合成酒造りにいち早く取り組みます。鳴子叔母さんの夫・平川良雄は大阪高等工業学校醸造科（現・大阪大学工学部）で酵母の研究をし、福岡県醸造試験所の職員として働いていましたが、退職し、池亀酒造に隣接する若亀酒造の土地を譲り受け、合成酒部門の工場を新設するにあたり、役員として参画、合成酒会社の代表となりました。

「男女七歳にして席を同じゅうせず」といわれた時代、男女交際も厳しく監視されました。久留米高等女学校と道を挟み、かつて藩校であった明善中学（現・明善高校）の運動場と校舎がありましたが、女学校の二階には、見ることと見られることを防ぐ目隠しがありました。その時は想像もつきませんでしたが、二つの学校は戦後の教育制度改革で合併して男女共学の高校になります。長い人生の中で、常識が覆されることが何度かありましたが、その一つです。

私が読む雑誌は母が注文した恋愛物語抜きのもの、映画は学校行事で高峰秀子主演の野球青春ドラマ「秀子の応援団長」を観ました。久留米市内にはたくさんの映画館があり、高峰三枝子主演の恋愛映画も上映されていましたが、恋愛物語に興味があったとしても、読むのも観るのも縁遠い環境でした。

修学旅行は関西と関東に行きました。本来なら関西か関東のいずれかと決まっていましたが、「戦況厳しき折、来年は行けないかもしれない。最後になるならば、関西も関東も行かせてあげよう」と学校が考え、運よく両方行けたのです。日光市の華厳の滝に行った時、自殺を図った若い男性が助けられている場面に遭遇しました。華厳の滝は、一九〇三年に一高生の藤村操《みさお》が滝近くの水楢《みずなら》の木を削り「巌頭之感《がんとうのかん》」と題する遺書を残して投身自殺をしてから、自殺の名所になっていました。

藤村操も裕福な家庭に育っていますが、この頃、家柄も良く裕福で、成績も優秀な青年の自殺がたびたびニュースになっていました。日々の食糧に事欠く人が増える一方、裕福な人と格差が広がり、日本中の経済も心も不安定な時代だったのです。そして翌年、予想通り修学旅行は中止、同時に英語の授業も中止になりました。

この頃のある夕べ、どなたからか譲り受けた居間のピアノを私が弾いているところに、父が帰宅し、「こんな時代に不謹慎な」とひどく叱られたことがあります。私が父に叱られた記憶は、家族皆がすき焼きの件で叱られたことを除けば、後にも先にもこの一度だけ。国に対しても誠実な父の、人柄を思い出す出来事です。

一九四一年三月、四年制（当時）の県立久留米高等女学校を四十二回生として卒業しました。

「何処の里にうつし植ゑても／みどりの色はいやまして／紅葉《もみじ》せぬてふ小松ひめまつ／しげりさかえんこの庭に」という「どこで何があっても、自然の緑は繁り美しく紅葉《こうよう》する。ここでしなやかに生きなさい」と自然の美しくたくましい生き方を謳った校歌は、嫁いでから、自分を励ますために幾度となく口ずさみました。九十六歳を過ぎた今でも三番まで歌えます。

この年の十二月八日、日本の真珠湾攻撃で戦争は拡大します。

花嫁修業

結婚と出産が女性の人生最大の仕事とされていた時代でした。女学校卒業後、花嫁修業のため福岡市内の幸祝女塾《こうしゅくじょじゅく》に一年通いました。先生は皇室に縁のある上品な姉妹で、科目は、料理、和裁、短歌、論語などを習い、和裁の授業では黒紋付きの着物も縫いました。良い妻になるには家事はもちろん、教養が必要なのは今も昔も同じです。そして、畳敷きの和室で正座をして受ける授業は、成績よりも躾、つまり立ち居振る舞いや姿勢などの受講態度を厳しく指導されました。自宅より通う私の緊張は授業時間だけでしたが、寮生活の生徒の緊張は二十四時間続き、大変だったようでした。

幸祝女塾卒業後に久留米市の料理学校と洋裁学校に一年間通いました。物資不足のため、洋服にする布は和服生地です。「パーマ屋」と呼ばれた美容院でパーマをかけた女性や、洋服姿をちらほらと目にする時代でしたが、依然、蒲池家の女たちは着物姿。他の生徒は洋服姿で登校していましたが、私は和服姿で洋服作りを学びました。男性の多くは国民服を着ていました。

その頃、国の統制を守るために、婦人会や青年団の活動が求められており、青年団女子部の代表を請われたことがありました。恥ずかしがり屋の私は目立つのが苦手で、お断りしました。

そういえば、この頃、父に内緒で、ばば様が日本舞踊のお稽古に通わせてくれましたっけ。

勤労奉仕

工兵《こうへい》隊の演習が、家の前の筑後川と川岸でたびたび行なわれるようになりました。工兵隊は陸軍における戦闘支援兵科で、現代の自衛隊の施設科にあたります。筑後川に戦車を通す仮設の橋を設置する演習です。多数の鉄製の小舟を川面いっぱいに横並びに繋ぎ合わせ並べ、その上に鉄板を敷き、戦車を通すという渡河訓練の一つです。

将校たちは蒲池家の庭に馬をつなぎ、昼食をお座敷でとりました。もちろん母が接待役です。庭で食事をする下士官も軍服姿は凛々しく、美しく感じました。

耳に入るのは勝利のニュースばかりで、戦勝記念祭がたびたびありました。

現実がそうでないと知るのは後のことで、国が流す情報がすべて正しくなかったことを思い知らされました。

この頃、通称「裸参り」といわれる戦勝祈願が行なわれるようになりました。毎日十人位の青年が上半身裸で蒲池家の庭に集合し、代表者が蒲池家の家宝の刀を受け取ります。それから長寿と戦の神・武内宿禰《たけのうちのすくね》が祀られている高良大社奥の院まで走るのです。全員が戻り、刀が返却された後に、男たちにお酒をふるまうのも蒲池家の役目でした。

戦況が日々厳しくなる中、武器の材料として、大広間にあった真鍮《しんちゅう》の火鉢十個をはじめ、金貨も政府に供出し、主だった金属は家からなくなりました。

いざという時の蓄《たくわ》えの金貨まで供出したのは、蒲池家から誰も出征していないことを、国に対して父が申し訳なく思っていたからでした。

この頃になると日本各地で、B29による米軍の無差別爆撃が繰り返されるようになり、標的になるのを避けるため軍事施設だけでなく、民間施設や民家も電灯の照明を制限する灯火《とうか》管制《かんせい》が始まりました。

父は爆撃対象になることを恐れ、庭にある祖父の隠居所を壊し、庭の一番大きな木を切り倒しました。今でいう危機管理、慎重な父らしい決断でした。

一九四三年、父が三潴郡に進言したことによって、郡は遠縁・岡部繁氏が経営する軍需工場・岡部鐵工所へ挺身隊《ていしんたい》の三潴隊を送ります。挺身隊とは十四歳以上の未婚の女性の勤労奉仕組織です。

私も、現在の福岡県古賀市にある工場に勤め、敷地内の寮に住むことになりました。

寮は三つあり、それぞれ徴用された女性三十名位が一部屋で寝食を共にしました。私の住む寮には、近くは飯塚、遠くは鹿児島の種子島や甑島《こしきじま》からきた女性もいました。仕事は豆旋盤での作業で、爆薬を詰める砲弾の蓋にあたる部分を作るのです。

岡部社長は真面目で律義な人で、工場で働く人もみな軍隊式作法で敬礼をし、整然と規律正しく仕事をし、生活しました。

私は三潴隊で給与をいただき、自分のお金を初めて手にして貯金をしました。それまでお金を持つのは女学校の月謝五円を先生に納めるまでと、遠足のお菓子代五十銭だけ。森永のキャラメルは小が五銭、大が十銭でしたが、蒲池家には取引先への贈答や手土産に使う池亀の商標がついたせんべい菓子がありましたので、遠足以外はおやつを買う必要もありません。呉服屋で着物を求める時は母と一緒で、支払いは母頼み。着物がとても高価なものだと知らず、後にこの金銭感覚がちょっとした事件につながります。

そういえば、最初に人前で日舞を踊ったのは、三潴隊の懇親会でした。

その後、実家に戻り、三潴村役場の兵事係（戸籍担当）に一年勤務しました。出征や戦死の連絡業務の仕事でしたので、戦死の報が時折入りますが、緊迫した雰囲気は感じずに勤務していました。

終戦

平川夫婦と子供たち。叔父出征時の記念写真。長男、長女は学校から戻れず、写真に入っていない

終戦の前年（一九四四年）二月二十四日、平川良雄叔父に召集令状が届きます。鳴子叔母さんと良雄叔父さんは結婚十五年目、二男三女をもうけていました。

叔父は召集通知の二十六時間後に入営、三月十一日に午前中の外出許可が下り、帰宅し、その後に硫黄島《いおうじま》に向かって出征します。

一九四四年三月二十五日に硫黄島に着任。同年九月を最後に補給が途絶え、食糧不足の硫黄島で、酵母を活かした栄養剤の開発に携わりました。酒造りに欠かせない酵母の知識を見込まれてのことです。

陸軍少尉として四十二歳、二度目の召集でした。蒲池家から出征したのは唯一、良雄叔父さんだけでした。

鳴子叔母さんが住む福岡市赤坂の家は、一九四五年六月十九日の福岡空襲で焼け、叔母と子供たちが蒲池家に疎開してきました。夫の戦地硫黄島からの手紙には、貴重品は火鉢に入れて床下に埋めるようにとの指示や、安全な防空壕の設計図が書かれていました。その手紙のお陰で、家は焼けましたが緊急時のお金と命は助かったのです。そして孟叔父夫妻も東京の空襲を避け、蒲池家に疎開してきました。

私も戦争の恐ろしさを体験しました。役場の仕事から帰宅途中の筑後川沿いで、アメリカ軍の戦闘機に遭遇したのです。近くを歩いている男性の「伏せろ」という叫び声を聞いた瞬間、反射的に道に全身を伏せました。飛行機からの射撃音が近づき、そして次第に遠のきました。心臓のドキドキする鼓動が、しばらく収まりませんでした。

戦時中であっても、蒲池家は穏やかで平和で、苦労や恐怖にもほとんど縁のない世界でしたが、後で死者が出たことを知り、井の中の蛙の私も戦争の恐ろしさを改めて感じました。

今日一日、無事に生きるのが精一杯の毎日が続きます。

この年、広島の醸造科がある高校から、飛行機の燃料を製造する千葉の工場に動員されていた弟の勵《つとむ》は、二度命拾いをします。

一度目は三月十日の東京大空襲。その前日に東京の親戚の家から千葉の宿舎に戻っていました。親戚の家は無事でしたが、もし東京にいれば災難にあったでしょう。

二度目は八月六日、広島への原爆投下です。千葉にいる動員学生は八月五日に広島に戻る予定でした。勵もそのつもりで、工場にある砂糖とアルコールを手土産に、郵便や通信を統括する逓信《ていしん》局長の荒木萬壽夫《ますお》氏を訪ねました。

荒木氏は福岡県出身で、蒲池家の親戚でもあり、親しくしていました。前年まで広島の逓信局長を務め、東京に転勤していました。後に第八十代の文部大臣に就任され、九州大学の心療内科創設に尽力くださいますが、それは後のこと。

荒木氏に「戦況も厳しいし、もう会えなくなるかもしれないから、二、三日遊んで行け」と言われた勵は、東京練馬の荒木邸に逗留します。そして六日に広島、九日に長崎に原爆が投下されます。広島に帰った勵の同級生は原爆に遭い亡くなりました。

八月十一日、久留米市をＢ29が襲います。市街地の七割が焼け、死者二一四名、重軽傷者一七六名を出します。久留米方面を見ますと、筑後川の向こうが、朝日とも夕陽とも違う明るさに光る様子を、弟の勵と呆然と眺めました。

孟叔父さんと興助叔父さんは、ぎりぎりで出征を免れましたが、鳴子叔母さんの夫・平川良雄叔父は硫黄島で戦死しました。

八月十五日の終戦を知ったのは、自宅の居間で玉音放送を聴いてでした。

側にいた父が、「アメリカ人に若い日本女性が襲われるかもしれない。葉満代と徳子はお母さんの実家に行きなさい」と言いだし、急遽、妹と満員の西鉄電車に乗り、母の実家・柳川に避難しました。

それまで、池亀酒造には何度か、アメリカ人が日本酒を求めにきたことがありました。終戦で何がどうなるかもわからず、最悪の事態を想像したのです。

実際はそのような心配がないとわかり、翌日にはケロッとして帰宅しました。

お見合い、そして結婚

池見西次郎の母・多摩のもとには、息子の西次郎に二つの縁談が持ち込まれていました。西次郎の写真を持ち、「さて、どちらから先に話を進めよう」と思いながら孫の手を引くと、「電車に乗りたい」と言ったそうです。この時、多摩は西鉄大橋駅の近くに住んでいました。

一つの縁談は、大橋から西日本鉄道、路面電車、国鉄と二回乗り換えなければ行けませんが、もう一つの蒲池家であれば、西日本鉄道一本で行けます。そして、孫の希望も叶えられると、先に蒲池家に写真が届いたのです。

お見合いは終戦直後の九月でした。蒲池家の座敷に来客用の緋毛氈《ひもうせん》を敷き、大きな座卓を挟んで背広姿の西次郎と母・多摩、僧侶で岡部鐵工所の人事係でもある世話人の石倉さんが床の間側に並び、下座に和服姿の両親が座りました。私は一番新しい絹の裏地がついた袷《あわせ》の訪問着で、その席にお茶と食事を運びます。それが、その時代のお見合いでした。

女学校でも挺身隊でも、男性との交流は皆無に等しく、私は、料理を差し出す時に震える声で「どうぞ」と言うのが精一杯。夫になるかもしれない人の顔を、ちらっと見る勇気もありません。ただただ恥ずかしく、緊張しながらお運びをした記憶はありますが、夫となる酉次郎の印象は何もありませんでした。

私はそれまで何度かお見合いをしていましたが、相手は皆さん軍人で、「戦争未亡人にしたくない」と考えた両親が、お断りしていました。その両親が、九州大学第三内科の助教授・池見酉次郎を、「将来、葉満代は国立大学の教授夫人」と見込み、夫に決めました。

私は親が決めたのであれば、当然従うものと思っておりましたし、親の決断に逆らう理由もありませんでした。酉次郎の祖父・池見辰次郎も「由緒ある造り酒屋の娘」と、この縁組を喜び、結婚の話はとんとん拍子に進みました。

そういえば結納の日、中学の校長として中国青島《チンタオ》に単身赴任していた酉次郎の継父・池見利夫が帰還し、結納式に急遽参加できたのもお目出度いことでした。

第二章　嫁いでからの日々

岩田屋百貨店での結婚式

終戦から四カ月後の一九四五（昭和二十）年十二月に結婚いたしました。

天神一帯は岩田屋、松屋、東邦電力ビル（天神ビル）など鉄筋耐火構造の建物は残りましたが、空襲で焼け野原の状態でした。新天町の起工式が行なわれたのもこの年の十二月のことです。

西鉄電車の福岡駅と岩田屋を屋根つづきにする工事が行なわれていましたが、その岩田屋の神殿で挙式し、披露宴は岩田屋のレストランを借り切りました。

「デパートのレストランですか」と思われるかもしれませんが、物がなく、モンペ姿で結婚式を挙げる人が多い時代、岩田屋のレストランは最先端の場所でした。

福岡・岩田屋百貨店で行なわれた結婚式

挙式で着る白無垢、披露宴で着るお振袖二枚、黒留袖は、九歳年上の由子叔母さんが、三嶋家に嫁いだ四年前に、両親が叔母のものと一緒に誂《あつら》えていました。その頃はまだ物が豊富にあったのです。母の信頼する美容師さんに久留米からきていただき、髪結いや、白無垢から振袖、留袖、計四回の着付けをしていただきました。

夫・池見酉次郎の祖父・辰次郎は事業家で、三潴町の隣町の城島町にも醬油工場を持っていました。その日は事業の一つである魚河岸の重役の立場を活かして披露宴用の鯛などの食材を、そして蒲池家からは池亀大吟醸をお出ししました。

私自身は特別なことと思っていませんでしたが、戦後間もない時期に招かれた六十名位のお客様は、お色直しや料理の豪華さに驚かれたと後で聞きました。

そう、酉次郎の恩師・沢田藤一郎教授もご出席くださいました。

新婚旅行などない時代ですが、池見家の知人が経営していた旅館が二日市温泉にあり、この元旅館で過ごす予定になっていました。披露宴が終わって旅館に向かう車の中で、私は初めて夫になる池見酉次郎の顔を見ることが叶いました。

その時の印象ですか……男性と二人きりになるのも初めての経験で、「これからこの男性に仕える」という高揚した緊張感と、「両親が望んでいるような良き妻になれ

福岡・岩田屋での結婚式の記念写真

るだろうか」という不安感で、印象どころではありませんでした。

二日市温泉に着くと、「散歩しましょう」と西次郎が言い、散歩の途中で見つけた芝居小屋に入りました。私はお芝居見物も初めてでした。

結婚式の日に初めて夫の顔を見て、初めての芝居見物デートをし、すべてを天に預ける気持ちで妻になりました。

翌日、両親と二人の叔父が、私が無事に妻におさまっているかどうかを心配し、二日市温泉を訪ねてきました。私の様子に安心した両親と叔父が加わって大宴会となり、その日も私たち夫婦は両親、叔父と一緒に宿泊することになりました。そして、三日目は福岡市南区大橋の姑・多摩の家に一泊いたしました。

この時はまだ、夫にも姑にも誠実に一所懸命仕えれば、すべては上手くいくものと固く信じていました。

井の中の蛙大海に出る

挙式より四日目から新しい生活が始まりました。新居は、糟屋郡粕屋町仲原村原町（現・糟屋郡原町）にある夫の妹・時子さんが開業した「池見医院」の裏手の家です。最寄り駅は原町駅、国鉄博多駅からですと飯塚方面に向かう篠栗線《ささぐりせん》の三つ目の駅です。池見医院は二メートルほどの高台にあり、駅からは見渡す限り畑が続く中を十分歩きます。

医院は元公民館だった建物を改造していて、私たちの自宅は元公民館館長の住まいでした。小さな二間の家に、父がお酒と交換して手に入れた、嫁入り道具の桐簞笥《きりだんす》と着物でいっぱいの長持《ながもち》を運び込みました。時子さんは病院内に居住していました。

実家のある三潴町には、結婚して七日目に嫁ぎ先の親戚や縁者と共に里帰りする

「初入り」という風習があり、池見家の親戚、縁者と里帰りをしました。

現在のようなマイクロバスはありませんので、大型トラックの荷台に総勢三十名くらいが乗り込み、蒲池家の座敷にまいりました。お客様を座敷でもてなすのは母の慣れた仕事です。取って置きのお酒と料理で精一杯もてなしをしてくれました。後にこの時のことで、池見家の縁者が「折箱を用意して、残った料理をお土産にするのは当たり前。蒲池家は気が利かない」と言っていたと人づてに耳に入りました。しかし、三潴町では「残り物を差し上げるのは失礼」という考えで、その習慣はありませんでした。

結婚とはある意味で異文化の交流です。糟屋郡も三潴町も同じ福岡県ですが、風習はことごとく違います。井戸の中の蒲池家という天国に住んでいた私が、世間という大海に出て、善意が善意として通じないことがあると最初に知った出来事でした。

新生活、医院の裏方として

のんびりと過ごしていた娘時代と打って変わり、目まぐるしく忙しい妻としての生活が始まりました。

私には、妻として夫・西次郎に仕えるだけでなく、池見医院の裏方の仕事もありました。それまで裏方を取り仕切っていた遠縁の人から、二日間で引き継ぎを受け、池見医院の院長である時子さんと看護師さんの食事の支度や、白衣の洗濯などが主な仕事です。

実を申しますと、実家では来客の接待はしていましたが、台所仕事は母とお手伝いさん任せで、ご飯も炊いた経験はありませんでした。料理学校で学べなかった魚のおろし方は、結婚式直前に母に習って嫁いできました。

「料理学校で覚えた一応の知識があれば、できる」という気概と、「お米をといだ後、中指の第二関節まで水を入れ、始めチョロチョロなかパッパでご飯を炊く」の言葉に支えられ、お竈《くど》に火を熾《おこ》し、食事の用意をいたしました。

お米をといだ後のご飯の炊き方を一言にした「始めチョロチョロなかパッパ」は、「女の座の在り方」の一つとして、祖父にお灸をほどこしながら繰り返し聞いた言葉です。

戦後は物資も食糧も乏しく、配給と闇市の時代になっていました。ご飯もキャベツ

結婚後まもない頃の葉満代

やダイコン、カボチャを混ぜる代用食です。豊かな筑後平野にある実家の三潴では、戦時中も食材に事欠くことはありませんでしたが、新生活では料理する以前の材料の調達が大仕事でした。実家に頼んで農家の親戚から手に入れたり、病院の患者さんからいただいたりしました。農家からいただいたそら豆には虫がいっぱい入っていて、虫を取るのも最初はおっかなびっくりでしたが、次第に平気になり、「なんでもやっていれば慣れる」と自信を持ちました。豆の虫を取り除き、皮をむき、煮て餡《あん》を作り、蒸かしたパンや饅頭など、おやつ作りも毎日の仕事です。

夫は、原町駅から国鉄の貨車に乗って吉

塚駅で降り、九州大学に通勤しました。その頃、この路線は客車がなく、物を載せる貨車に人が立って乗っていました。

夫の最大の趣味は映画観賞で、週に一回ほどの映画館通いを楽しみにしており、私もお供をすることになります。その頃の夫が選ぶ映画は西部劇が多く、殺したり殺されたりの格闘や銃撃シーンは恐ろしく、目を覆いながらドキドキして観ました。

映画館のお供以外は、食べさせることに追われて台所に立ち、その傍《かたわ》ら、水を井戸から汲んで洗濯板で洗濯をし、掃除をします。お風呂も井戸から水を汲んで入れ、薪で沸かさなければ入れません。これも一仕事でした。

時折、医院が処方する薬の包装も手伝いました。縦横九〜一二センチの薬包紙《やくほうし》で粉薬を包む薬《くすり》包みも、次第に早くできるようになりました。

姑・多摩や親戚、大学関係の来客がある時は、その時代の最大のご馳走である鶏《かしわ》ご飯を炊いてもてなしました。鶏を潰《つぶ》すのは、さすがの私も苦手で、鶏屋さんにお願いしました。

初めての里帰り

結婚して三カ月ほどたったある日、夫と一緒に里帰りをいたしました。初入りで一度里に帰っていましたが、その時は池見家の親戚や縁者の接待に追われましたので、里帰りの実感はなく、この時が名実ともの里帰りでした。

蒲池家の客は皆歓待されますが、夫へのもてなしようは特別で、とても居心地よく寛《くつろ》いでいる様子でした。

そこに、出入りの呉服屋がたくさんの呉服を持って訪ねてきました。折あるごとに色とりどりの呉服を持ってくるのはいつものことです。娘時代の延長で、母と着物をあれこれ物色しているところに夫が顔を出し、紺の附下《つけさげ》を見て「これいいね。買ったら」と言うのです。紺地のお召しの裾に細かな銀の線で描かれた模様と、私の顔ほどのピンクの大きな鉄仙《てっせん》のような絵柄です。斬新でモダンだけれども上品で、一目で気に入りました。

夫に着物を買ってもらうのは妻として嬉しいことです。値札も見ずに、母が支払うというのを断って「僕が買います」と言ってくれた夫に甘え、池見家の家紋・剣酢漿草《けんかたばみ》を入れてもらいました。

ところが後に、届いた着物の請求書を姑・多摩が見るところとなり、「夫に大金を使わせる贅沢《ぜいたく》な嫁」とお叱りを受けることになります。

着物の価値も値段も知らない、ある意味世間知らずの夫婦でした。この附下は今も私の箪笥の中にあり、嬉しくほろ苦い記憶を呼び起こします。

池見家の家族

西次郎の祖父・辰次郎は福岡県糟屋郡の裕福な農家の長男として生まれましたが、大志を抱いて弟に家督を譲り、「大吉楼」という名の妓楼《ぎろう》の経営を足掛かりに醤油会社や魚市場の重役を務めていました。事業家であると同時に、福岡市市会議員や地域を守る警防団長も務める名士でもありました。

辰次郎は西次郎が生涯をかけて研究する場所になった、九州医科大学（現・九州大学医学部）の誘致に関わっていました。誘致場所近くの柳町（現・博多区大博町・石城町）に遊廓街があり、「大学の近くに遊廓があるのは風紀上好ましくない」ということで、移転のために奔走している渡辺與八郎氏に協力したのです。

博多電気軌道株式会社を設立し、「渡辺通り」の名の由来である渡辺與八郎氏（一八六六～一九一一年）は、九州一といわれた呉服屋の家督を継いだ後、博多や福岡の発展に貢献した経済人でした。

福岡県警防団長として勅語を「奉読」する池見辰次郎（昭和14年）

「大学誘致は産業のない福岡市の発展上欠くべからず」と、即座に家二軒分の建築費五千円を寄付していました。

辰次郎は、千人の遊女たちを有する五十軒の楼閣の代表として楼閣主たちを説得し、渡辺與八郎の所有地である住吉村高畑（現・中央区清川）に、遊廓をまるごと移転することで解決したのです。経済人として、渡辺與八郎氏と同じ思いを抱いてのことで、孫がその学校で教授になることは想像していなかったでしょう。

この時、唯一移転しなかった楼閣が、後に「新三浦」という水炊きの名店になります。

辰次郎は新柳町（住吉村高畑から改名）に総檜《そうひのき》造りの豪奢な「大吉楼」を建設し、糟屋郡の実家を本家とし、「大吉楼」を別荘と名づけ、妓楼と事務所を兼ねて居住していました。辰次郎は正式な妻以外に複数の女性がおり、他の妓楼経営を任せていました。

この時代、仕事ができて生活力のある男性は、生活力のない女性やその子供を養うことは「男の甲斐性」とされ、羨ましがられることはあっても責められることではありませんでした。ある評論家が「運慶《うんけい》の彫刻に見るような荒削りで線の太い人物」と評す、明治、大正、昭和の激動期が生んだ豪快《ごうかい》な人柄でした。

良くも悪くも、一族の皆に大きな影響を与えた人です。池亀酒造や私の両親、そして私も大切にしてくれた、信頼し尊敬する大きな男性《ひと》でした。

西次郎の母・多摩は、辰次郎の長女として生まれましたが、物心ついた時には既に実母は生家を出ており、父・辰次郎は事業で多忙を極め、叔母に育てられたそうです。当時の女性としては、まだ少なかった高等教育を受け、筑紫高等女学校（現・筑紫女学園高等学校）を卒業しています。

多摩の結婚は、父・辰次郎の勧めでなされたものでした。遠縁の長者原の教職に就く農家の次男に嫁ぎ、子供をもうけましたが、農家の嫁としての生活に馴染《なじ》めなかったのか、酉次郎が四歳の時、二歳上の兄・哲太郎と二歳年下の妹・時子を連れて離婚します。

多摩は池見姓に戻り、大吉楼で父の事業を手伝います。この時、家の実権は、実母が家を出た後に正妻になった女性が握っていました。このような環境で子供は育てられないと思い、幼い時子だけを手元に置き、息子二人は本家・辰次郎の弟・万吉さんとその妻・ときさんに預けられます。

万吉夫妻とその息子・茂次さんと妻・ハルエさんが二人の息子の両親代わりになり親身に育ててくれました。ときさんは多摩が嫁いでいた井上家から池見家に嫁いでいましたので、多摩の元夫の姉にあたります。二人の子供たちは義兄の孫であるだけでなく、弟の子供にもあたり、ことのほか慈《いつく》しんでくれました。しかし、どんなに優しくされても親と離れた淋しさはぬぐえなかったでしょう。時子もまた、物心がつくと、多摩の異母妹の家に養女に出されます。多摩だけでなく、息子も娘も大きな環境変化の中に身を置くことになったのです。

多摩は利夫さんと二度目の結婚をします。利夫さんは養子となり、池見姓になりました。辰次郎の選んだ相手との結婚だったようです。米国留学の経験があり英語も堪能《たんのう》で、温厚な人柄で時子さんにもやさしく接していました。

結婚早々、教員として赴任した鹿児島で、妻・多摩と病弱な息子・酉次郎と三人で生活した時期もありました。酉次郎の学問を尊敬し、誇りにし、お互い尊重し合っていましたが、夫にとっては名実ともの父親とはいえませんでした。しかし、後に酉次郎の妻となった私とは「他家の人」という同じ境遇で、相通じるものがありました。

酉次郎の兄の哲太郎は一九一三（大正二）年生まれで、京都帝国大学経済学部卒業後、東京銀行（現・三菱ＵＦＪ銀行）の前身、横浜正金銀行の中国の大連支店に赴任しました。横浜正金銀行は一八八〇（明治十三）年に設立された貿易決済銀行で、日本が決済業務で不利益を出さないようにするために、政府が設立した銀行です。

終戦と同時に哲太郎さんの妻と子供は帰国し、多摩の家に同居していましたが、中国で召集された哲太郎さんは復員しておらず、私たちの結婚式には出席できませんでした。以前、お見合い写真を持って悩む姑に「電車に乗りたい」と言ったのは、哲太郎の長男です。

西次郎の妹・時子は一九一七（大正六）年生まれで、西次郎の二歳年下です。私にとっては六歳年上の義妹です。幼少期を新柳町の「大吉楼」で育っています。祖父・辰次郎の逆境に負けない闘志と事業欲を受け継いだ女性でした。

時子さんは結婚、離婚をへて、西次郎の勧めで東京女子医科大学に進学し、内科医となります。私が嫁いだ時は、企業の医療機関の勤務医をへて、池見医院を開業していました。勤務医時代の看護婦も一緒でした。来院する患者さんは農家の方が多く、自転車で颯爽《さっそう》と往診してい

西次郎と哲太郎（左）

ました。

多摩の最初の夫は、多摩と離婚後、戦死した兄の妻（兄嫁）と再婚していました。戦後よくある結婚のスタイルでした。遠縁でもあり、再婚後に生まれた西次郎らの義兄弟が三人いることで、義兄弟ともども池見家と交流がありました。しかし私の目から見て、西次郎との縁や血を感じることはあまりありませんでした。

花魁道中

嫁いだ翌年、一九四六年に、ＧＨＱの指示で公娼制度が廃止になり、その記念行事として新柳町で花魁《おいらん》道中が盛大に行なわれました。西次郎の祖父・辰次郎は新柳町遊廓の取締役として、また全国貸座敷業組合連合会会長、全国遊廓同盟会長などを務めて、業界を束ねてきただけに、新しい法律下での遊廓経営を目論み、花魁道中を実施したのだと思います。

道中の先頭は若い衆が箱提灯を持って歩き、次に二人の禿《かむろ》（雑用の稚児）、次に主人公の花魁がたくさんの簪《かんざし》を刺した鬘《かつら》を被り、豪華な刺繍のある帯を前結びにし、高いぽっくり下駄で外八文字《そとはちもんじ》を踏みながらゆっくり歩を進めます。重い鬘と衣装を支えるため、花魁の片手は新造《しんぞう》（見習い）の肩に置かれ、そのあとにさらに二人の新造が付きます。遠い昔の記憶と、時代劇の映画で観た花魁道中の映像が重なり、現実は少し違うかもしれませんが、豪華な風景を思い出します。まだ社会全体が貧しい時代のきらびやかな衣装の行列は、物珍しさも手伝い、多くの見物人で賑わいました。

この日、那珂川を望む辰次郎の家の座敷では、辰次郎の呼びかけで家族が集い、華やかな道中を見て、川面を眺めながら、美味しく豪華な水炊きをいただきました。この時代は牛肉より鶏肉が高級食材で、水炊きをいただく宴会がたびたび催されました。新しい法律下での遊廓経営は辰次郎の狙い通りには行かなかったようで、華やかな花魁道中にかけた夢はシャボン玉のように消えました。

原町時代、母になる

一九四八年、結婚三年目、住んでいた病院裏の二間の家から五〇メートル位離れた場所の土地を買い、少し広い家を建てました。

原町時代の葉満代

その年に兄・哲太郎さんがようやく中国から復員し、国家公務員として合同庁舎内の人事院九州事務局に勤め始めます。弟である夫・酉次郎と違い健康で、祖父・辰次郎の洒脱《しゃだつ》な遊び人気質を受け継いでいるのか、「親は親、子供は子供」という、我が道を生きる自由人でした。

私たちの自宅にもたびたび遊びにきては、コーヒー豆を挽き、香り高い淹れたてのコーヒーを飲ませてくれ、楽しいひとときを過ごすようになりました。その一方で復員時には中国での女性秘書を伴って帰国したり、また他の女性に「リバビュー」という名の喫茶店を経営させたりして、家族を悩ませます。不思議なことに、秘書と妻は仲良く同居していましたが、それも祖父・辰次郎の艶福《えんぷく》家《か》の血筋のなせる技だったのでしょうか。

翌一九四九年、結婚四年目に長男・隆雄が誕生しました。

隆雄（左）と陽子

この年、池見医院はすぐ近くの蔵だった建物を改築し移転、より大きな医院になりました。患者さんも看護婦さんも増え、私の忙しさも増します。

時子さんは糟屋郡志免町の開業医・山村則義《のりよし》さんと再婚します。山村さんは広島で被爆した方でした。一九五〇年、時子さんに娘が誕生しました。

翌一九五一年、私に長女・陽子が誕生しました。池見家のベビーラッシュに対応して子守さんにもきていただき、さらに賑やかになります。

夫・酉次郎と姑・多摩

結婚してわかったことですが、夫・酉次郎と姑・多摩は、何があっても離れられない一心同体のような親子でした。多摩は兄の哲太郎と酉次郎、妹の時子の三人の子供がいましたが、次男の酉次郎を溺愛していました。

多摩が離婚して池見姓に戻った折、哲太郎と酉次郎兄弟は母親と離れ、祖父・辰次郎の弟夫妻とその息子夫妻に育てられました。時子さんは、養女に出されたことで、母に見捨てられたと思っている節がありました。

健康体でわが道を行く哲太郎や母・多摩と少し距離をおく時子より、病弱な酉次郎は純粋に母親を求めていました。それゆえ、多摩は自分を必要としてくれる酉次郎をより深く愛したのでしょう。多摩は酉次郎を伴い、健康を願って宗教めぐりをしています。

また、多摩の幼少期の複雑な境遇が、多摩に劣等感を抱かせ「子供を立派に育て、周囲を見返したい」という強い意志になり、その思いが当然のように息子・酉次郎に向けられていました。姑にとって西次郎は希望の星であり、そして、無条件に愛を注げる恋人でした。私は嫁であると同時に、恋敵になったのです。

そして、西次郎自身も「心療内科を創る働きが挫折しそうな時、母親の言葉が励みになり、道が開けた」、「母親の愛は宇宙とのつながりである」と話しているように、いついかなる時も自分を受容する母を、心の拠り所にしていました。

一九六三年に「九州大学心療内科教室開校記念会」が行なわれた際は、姑・多摩が出席し、「心療内科の母」として記念品を贈呈されるセレモニーもありました。夫だけでなく周囲からも認められた母の力でした。この日の姑は満面の笑みを浮かべ幸せそうでした。そう、夫・西次郎の映画好きも姑の影響です。

夫の渡米と一年の里帰り

一九五一年十二月、結核の治療薬研究のため西次郎が渡米しました。夫が留守の約一年間、私と子供二人は三潴町草場の実家に帰ります。

嫁いでから病院の手伝いや家事に追われ、肋間《ろっかん》神経痛を患った私を見ていて、夫が

「僕がいないのだから、実家に帰っていいんじゃない」と言ってくれたのです。不器用な夫の精一杯の優しさでした。

アメリカに旅立つ夫を、姑と生後十カ月の陽子を連れ、横浜港まで見送りにまいりました。二歳三カ月の隆雄は、私たちの出発直前に実家の母が「遊びに行こう」と誘い出し、一足先に実家に連れて帰っていました。

船が横浜港を出発する前々日の夕刻、夫、姑と私、そして陽子の四人で、博多駅から東京に向かう特急寝台三等車に乗りました。三等車両は窓に向かって三段ベッドが向き合って並び、反対の窓側が通路になっていました。そう、人権活動家の松本治一郎《まつもとじいちろう》さんと車内で乗り合わせ、しばし会話したのを思い出しました。

列車は翌日の昼前に東京駅に到着。その日と翌日の二日間議員会館に宿泊しました。時は第三次吉田内閣、多摩の異母弟が衆議院議員をしていたことがあり、その関係で議員会館に宿泊できたのです。

横浜港で夫を見送った後は、宗教関係の知人に会う姑のお供をしたり、銀座三越で都会の雰囲気をのぞいたりいたしました。

この頃の船旅を見送る映像の多くは紙テープを投げていますが、修学旅行以来の東京に行く緊張感と、背中でむずかる陽子と姑の世話で精一杯で、そんな余裕はありませんでした。

三日目の夜、再び特急寝台車に乗り、博多駅で姑と別れ、実家に帰りました。一年間の実家生活は心身の休養になりました。私以上に二人の子供も筑後平野と筑後川の豊かな自然、そして蒲池家や酒蔵で立ち働く人々に温かく受け入れられ、無邪気にのびのびと思い切り遊ぶことができました。

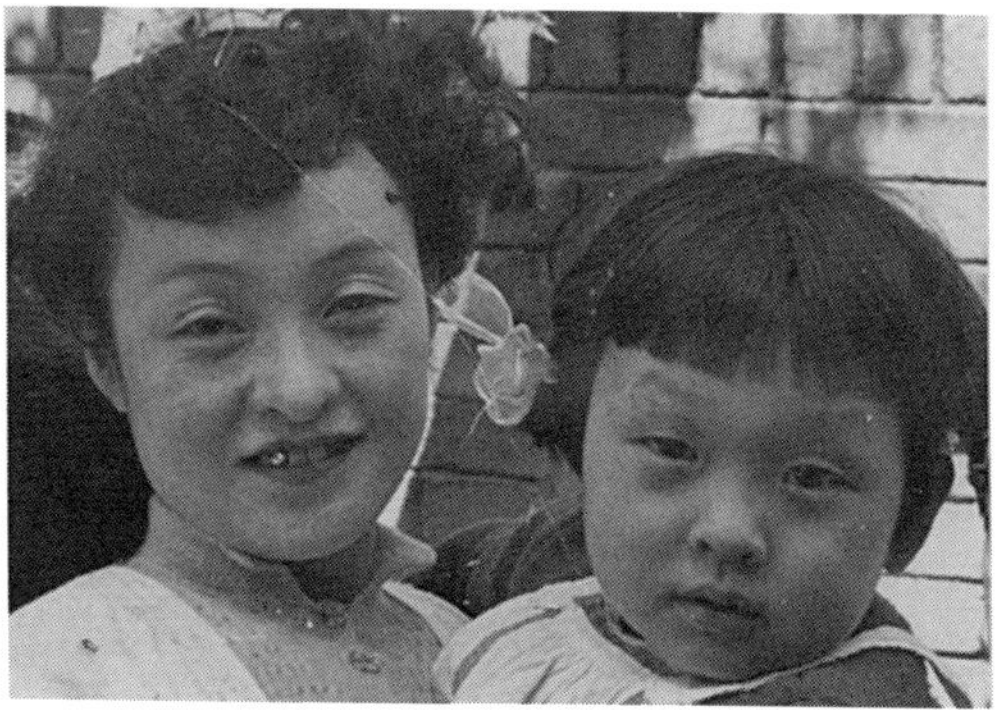
葉満代と娘・陽子

後に隆雄が、「僕はあの時が人生で一番幸せだった」と言った時には、申し訳ない気持ちでいっぱいになりました。嫁として、妻として仕えることにエネルギーを消耗し、母としてのエネルギーは不足していたことに気づいたからです。

ストレスという言葉がこの頃から使われ始めていました。第二次世界大戦後のアメリカでは、帰還兵の多くが様々な病気になっていました。命の安全が脅かされる戦争のストレスに耐えに耐えて、ホッとした途端に身体の弱いところに病が出てくるのです。

夫は、この渡米中に、ストレスと病気の関係を研究する精神身体医学と出会います。病弱なため、母・多摩と宗教めぐりをしていた経験からひらめくものがあり、精神身体医学を日本の医療に取り入れようと決心します。また、後に宗教を学問的に証明することも目標にします。

後に心身医学協会の活動を共にする日野原重明《ひのはらしげあき》先生と、研究場所であるミネソタ州ロチェスター市に本部を置く総合病院のメイヨー・クリニック（Mayo Clinic）で出会っています。

一九五二年は夫の研究の節目になり、私と子供たちにとっては心身の休養と英気を養う年になりました。

大切なことを言い忘れていました。西次郎が渡米する直前の一九五一年十一月、尊敬し、頼りにしていた西次郎の祖父・辰次郎が亡くなりました。

遊廓経営が目論み通りに行かず、二期目の国会議員を目指していた息子の当選も叶わず、ある意味では失意の中での死でした。しかし、その葬儀はそれは盛大で、政財界の方々はもちろんですが、どこでご縁があったのだろうかと思うほど、多数の老若男女がお悔みにきてくださいました。祖父・辰次郎は醬油製造会社の社長をはじめ、いくつもの会社の社長や魚市場などの企業の役員、福岡市市会議員や警防団長、全国遊廓連盟会長などの、名刺一枚には収まらない役職に就いていました。清濁《せいだく》併せ呑む懐の深さがあり、仕事で出会った多くの人に愛されていたのです。博多の花屋という花屋から花がなくなったと聞き、長女である姑・多摩はとても誇らしいようでした。

蒲池家の戦後

戦争中の物資不足が影響し、終戦を迎えても多くの酒蔵が立ち行かなくなっていました。池亀酒造は、物資不足の際にいち早く合成酒の製造に取り組んでいたことや、父・龍雄の堅実経営のお陰で何とか生き残りました。日本中が米不足で、東北の酒処から仕入れていた原料の米を、地元の米に代えて酒造りをしました。結果的に、地域振興ですね。

空襲で疎開していた孟叔父さんは浅野セメントを退職し、池亀酒造の常務となり、四代目の当主になった弟・勵《つとむ》の仕事を支えます。東京より自然環境の良い三潴町を、病弱な奥さんが気に入ったこともありました。

興助《こうすけ》叔父さんは比翼鶴酒造に養子に行き、後に社長になります。剣道が得意で、三潴高校の剣道部の指南役もしていました。久留米藩で剣の指南役をしていた曾祖父・源蔵の遺伝かもしれません。

硫黄島で夫が戦死した平川鳴子叔母さんは、終戦後、父が敷地内に建てた家に住み、池亀酒造の事務や酒蔵の手伝いをしながら二男三女を育てていました。私が里帰りをすると、隆雄や陽子と鳴子叔母さんの子供たちが一緒に遊びます。親には言えないことを、鳴子叔母さんは以心伝心のようにわかってくれ、何時も「葉満代ちゃん」と両手を広げて私を受け入れてくれて、甘えることができる存在になります。

由子叔母さんは医師資格を持つ軍人・三島悟氏に嫁ぎ、北九州市八幡に住んでいましたが、夫の出征中は二人の子供と三潴町に疎開していました。戦後、無事に復員した三島氏は、八幡製鐵所の附属病院（現・製鉄記念八幡病院）の小児科に勤め、後に小児科部長になります。疎開中、疫病で相次ぎ子供を亡くしていましたが、戦後息子が生まれます。

下の弟・幹治は大阪大学の理学部を卒業し研究の道に進み、後に教授となります。
妹・徳子は佐賀県鹿島市にある「竹の園」の矢野酒造に嫁ぎました。

父・龍雄（右）と弟・勵

初代・源蔵、そして競、龍雄に続いて四代目を継いだ勵は、夫の勧めもあって、戦後まもなく九州大学の農学部に入学し、博士号を取ります。「義兄さんのお陰で博士号を取ることができた」と、今も感謝しております。

卒業後、池亀酒造の蔵の中に九州大学と共同で酒酵母の研究室を作り、学生が出入りしていました。

祖父母は亡くなりましたが、両親は元気に暮らしておりました。

近代化の波の中で勵は池亀酒造を継ぐと、五大商社の一つである三菱と合併しました。時代の波に乗るように、木の樽を、次々とステンレスに変えて近代化を進めていきました。

社長を退いていた父はその様子を見ていて、池亀酒造が三菱の経営になり、酒造りの伝統が壊されることを危惧しました。魂を込めて磨いていた家宝の刀を全部売却し、そのお金を三菱との提携解消の違約金として用意し、勵を説得しました。代々伝わってきた刀剣は、相当な金額になったようです。結果的にいち早くステンレス製の樽という近代化を果たし、伝統も守ることもできました。

後に弟に聞いた話ですが、源蔵が競に代を譲る時は相当な借財があったそうです。その背景には、杜氏を育てながら無償で派遣した際の経費や、酒造りの失敗の債務、また借金を頼まれると断れず、その保証債務もあったようです。借財は祖父・競から父・龍雄にも引き継がれました。九十一歳で亡くなるまで、事務所で算盤をはじき、間違うことのなかった父は「負債を子供に引き継いではいけないと、必死で返済した」と話したそうです。

父は何か困難があっても顔に出す人ではなく、苦労知らずに娘時代を過ごした私は、二代目から三代目、三代目から四代目と経営を継承する大変さを後に知りました。

葛藤の始まり

西次郎の帰国後、糟屋郡原町で池見医院を開業していた時子さんに、福岡市中田町（現・早良区城西三丁目）に五病室、十人の入院患者を受け入れ可能な外科医院を買わないかという話がありました。

当時の西新町の風景

今もリヤカー部隊で賑わう西新商店街や、西新の電停からも歩いて三分ほどの場所です。今は地下鉄になりましたが、その頃は小豆色とクリーム色の二色、一両の路面電車が走っていました。少し歩くと畑がありましたので、牛が曳くリヤカーや馬に乗った人も時折見かけましたが、原町よりはずっと便利で都会です。

原町は、駅も買い物をする公営の販売所も、自宅から畑の中を十分ほど歩かなければ行くことができませんでしたから。

時子さんは一九五四年、その物件を購入し、内科・小児科「長生《ちょうせい》医院」として開院します。医院の裏手に、医院と共同の台所がある私たちの家も建て、引っ越すことになります。

これからの期間は、私には西新町時代として記憶されています。

時子さんは母・多摩から譲られた大橋の土地を売却し、池亀酒造にも出資を募り、資金を調達しました。日本が急速に成長する時期と重なりますが、その三年後には「長生医院」と道を挟んだ家付きの土地も購入して病室を増やします。

購入した土地にあった家に多摩夫妻が越してきて、その家に建て増しをして私たち家族が一緒に住むことになります。一九五九年、文部省から精神身体医学研究施設が認可された時、大学ではすぐに研究室がもらえず、「精神身体医学研究所」の看板を掲げたのはこの家の玄関脇です。

ここから私の人生で一番辛い時期が始まりました。

家が完成するまでの間、小学校に入学したばかりの長男・隆雄だけは一足先に多摩

西新町時代の葉満代

と一緒にやすみました。多摩にとって孫である隆雄は、幼い時一緒に過ごせなかった西次郎の身代わりのようでした。毎朝、浴衣の寝間着姿で目をこすりながら家を出てくる隆雄を、五〇メートルほど歩いて迎えに行くのが、私の朝一番の仕事になりました。

時子さんは、最初の頃は池見医院と長生医院を半日ずつ行き来していましたが、次第に池見医院の経営と運営を夫の則義さんに任せ、長生医院を主体とした生活になります。建て増しをした家が完成し、私たちが引っ越すと同時に、私たちがそれまで住んでいた医院と続きになった家に、時子さん一家が越してきました。

観音様に似ていると言われて

原町時代は、舅と姑が大橋の自宅から訪ねてきた時だけの食事とお風呂の世話でしたが、二十四時間、三六五日一緒の生活になり、今まで以上に神経を使うようになりました。

患者さんのお世話をする賄婦《まかないふ》やお手伝いさんが三人いましたが、原町時代と変わら

西新町でお正月を迎えて

ず医院の台所に立つ私の側《そば》に、姑・多摩と時子さんが交互に時間を置いてきて、「時子が……」「母が……」とお互いへの不満を漏らしました。葛藤不満の原因は二人とも些細《ささい》なことでした。葛藤のある母と娘の話を聞きながら、私はそれが二人の不満解消になるならと思っていました。

この頃までは、ある意味三人のバランスが取れていたのかもしれません。

宗教活動をする姑・多摩の宗教関係の来客応対も、私の仕事になりました。

信仰とは正しく豊かなものと思っていた私は、姑・多摩が支部長を務める宗教に入信しました。

ある日のことです。いつものようにお客様にお茶をお出しすると、その方が私の顔をまじまじと見つめ「どこかでお会いしたような……」

とおっしゃるので「どこでお会いしたのでしょうか？」と言葉を返すと、しばらく考え、思い出したように「ああ！　〇〇寺にある観音様のお顔だ」とおっしゃいました。

この一言が姑の恋敵への嫉妬心に火をつけ、お客様対応が悪いと叱られました。責められても「すみません」と詫びるしかありません。

困難があっても表に出さない父を見てきましたので、その後も姑に今まで通りに、何事もなかったかのように仕えました。ところが、「あなたの表情は人を馬鹿にし、あざわらっている」と、またもやお叱りを受けることになります。

「葉満代ちゃんは寝顔も微笑んでいるよ」と鳴子叔母さんにほめられていた私の長所は、短所になり、まるで白を黒と言われたように戸惑いました。予測不能の展開でお叱りを受けることが重なり、耐えるしか私の道はありません。

その一方で姑は、「嫁が家を出て行きはしないか」という不安があったようです。PTAに出席しても、お手伝いさんが迎えにき、常に監視されているような状態になりました。長男・隆雄の読む本を選ぶために本屋にいる時間だけが、唯一ホッとする時間になりました。

姑と私

「嫁と姑は前世の恋敵」という言葉がありますが、私と姑・多摩はその典型かもしれません。

姑との葛藤があったからこそ、今現在、笑顔で生活できていると感謝しておりますが、その当時は「次はどんなことで叱られるのか」と緊張と恐怖の連続でした。嫁・姑の話は愚痴のようでお聞き苦しいかもしれませんが、お付き合いください。

どんなことで叱られたか、ですか？　細かいことは忘れましたが、印象に残っているエピソードをお話しします。

ある方が、白い帽子をかぶった私に似た女性を街で見かけて、「白い帽子の葉満代さんを見かけましたよ」と姑に告げたそうです。すると姑は「外では帽子をかぶって派手にしているそうね」と言います。

私は白い帽子は持ちませんし、自由に外出する時間もありませんので、何と反論してよいかわかりません。長男・隆雄が「母を街で見かけて追いかけても、追いつけない」と言うほど速く歩くのは、家事や病院の用事に忙しく、急いで動きまわることが習慣になっているからです。ＰＴＡに行ってもお手伝いさんが迎えにくるくらいですから、帽子を買う時間もありません。私を見かけたとおっしゃった方は軽い気持ちで言われたのでしょうが、こんなことでも、お叱りのスイッチが入りました。

また、ある日のことです。割烹着《かっぽうぎ》のポケットに入れた妹・徳子からの手紙を家の中で落としたことがありました。矢野酒造に嫁いだ妹は、病床の姑を看病していました。手紙には「姑との出会いは宿命。一所懸命に仕えましょう。そして、将来息子に嫁がきたら、優しいお姑さんになりたいね」と書いてありました。その手紙を拾った姑は「妹さんと二人で姑は早く死ねば楽になると、いつも思っているでしょう」と言います。一瞬として思ったことのない言葉に驚きましたが、反論できませんでした。それ以後、日記はもちろん、手紙のやり取りもままならぬようになりました。このことをきっかけに、メモも記録もせず、記憶を頼りにする習慣が身につきました。

そして、姑の私への猜疑心《さいぎしん》は深まります。夫が姑に対して少しでも心外な言葉を言ったり、態度をとったりすると、「葉満代さんが言わせた」、「葉満代さんがさせた」となりました。

財力も権力もある父のもとで成長した姑は、財力の恩恵にあずかろうとする取り巻きの群れから蹴落とされないために、おのずと競争意識が強くなり、生きるためには勝たなければならない、と思っていた節がありました。そして、思い通りに行かないことがあると、その責任を他の人に転嫁《てんか》しました。恐らく、反省することは蹴落とされる原因になったのでしょう。そして、うっぷんがたまると自分より弱い人を憂さ晴らしの対象にしました。その対象が当然のように嫁の私だったのです。

環境が人に与える影響は大きく、勝つか負けるかの環境で育った姑と、お互いが思いやり、穏やかに振る舞う蒲池家で育った私は対極にありました。姑には、自分自身の生い立ちを軽蔑されるのではないかという恐れもあったと思えます。

あるいは、辛くても顔に出さず弁解もせず、ただ黙ってお叱りを受け、淡々と姑の指示に従う私の態度を、「バカにしている」ように感じたのでしょう。そして姑が何より腹立たしかったのは、波風なく夫に仕えている私の様子だったようです。私にとって妻として夫に仕えるのは当然のことでしたが、それが嫉妬の種になったのです。

私が一番辛かったのは、夫が大学に出勤した後、座敷で正座させられ三時間も四時間も姑のお叱りが続くことでした。

思いがけない松ぼり事件

「松ぼり」という言葉をご存じでしょうか。元々広島の方言で、西日本でも使われていた言葉で、「へそくり」のことです。今考えますと、姑・多摩との関係を決定づけたのはこの「松ぼり」をめぐっての事件でした。

ある日、二人の子供が通う小学校のＰＴＡの集まりから帰宅し、ほっとしているところに、夫・西次郎から「大学の第三内科の僕の研究室にすぐきなさい」と電話がありました。何のことか状況がよくわからないまま、タクシーを飛ばして夫の元にまいりました。

研究室で夫から聞かされたのは、耳を疑うものでした。夫が私に電話をする前に、舅・利夫、姑・多摩、時子さんの三人が夫を訪ね、病院の収支記録の用紙を見せ、私が病院のお金をごまかしているかもしれないと言ったそうです。

夫が私をよび出したのは、私が家にいて詰問《きつもん》されないための、取りあえずの避難指示だったのです。夫の指示もあり、私も事態を飲み込み、夕食直前に帰宅し、いつものように台所に立ちました。

後にその収支記録を見ましたが、病院の売り上げと銀行の入金額に三十万円ほどの差があるのは、誰が見てもわかるものでした。今の金額ですと三〇〇万円くらいでしょうか。病院の業務終了後、朝まで私がお金と帳簿を預かっており、時折り、銀行へ入金のお使いにも行っていましたので、疑われるのはいたしかたありません。また、F銀行の長生医院の担当行員が、実家のある城島の支店に蒲池葉満代名義の口座があると伝えたことも、疑いを深くしました。

翌日の日曜日、姑から、その口座にお金を流しているのではないかと問われました。夫は「本当か?」と問います。私名義の口座など、寝耳に水の私は「知らない、里に電話してください」と答えるのが精いっぱいです。姑は「里まで巻き込んではいけない」と言いますが、夫は、はっきりさせたいと思ったのでしょう、「電話しろ」と怒って言います。

翌日、驚いた両親が関連書類と詫び状を持って飛んできました。病院の裏手にある時子さんの自宅で、私と私の両親、そして舅、姑、時子さんが顔を揃えました。

私名義の銀行口座は、蒲池家から長生医院建設の折の、四十万円の融資用に作られたものでした。公私混同に厳しい父が、銀行との話し合いで決めたことで、社長である勵《つとむ》の個人口座から蒲池葉満代の口座にいったん移し、長生医院へ融資したのです。融資を終えた私名義の通帳には、もちろん残金はありません。

詫び状には、「疑われるような事実は一切なく、すべて銀行と話し合った上で行なったが、誤解を生むような結果になり申し訳ない」としたためられていました。飛んできた両親に対して、舅、姑、時子さんが「ご心配をおかけしました」と詫び、この一件は落着するかのようでした。

時子さんの自宅から私たちの自宅に移動する折、父がため息をつくように「苦労しているんだな」とつぶやいたのを今も思い出します。私は何と答えてよいかわからず、ただ黙っていました。父にすれば、末は大学教授夫人で、葉満代の人生は幸せいっぱいと信じて決めた結婚でした。表面では理想的に見えても、内情を知った親としては「かわいそうに、申し訳ない」という気持ちから出た言葉だと思いました。今でもこの言葉を思い出すと、「私の幸せを願っている人がいた」と温かい気持ちに包まれます。

後に聞いたのですが、父は取引先のこの銀行に対して、「取引停止」を宣言したそうです。娘の嫁ぎ先に対して怒るわけにはいかず、守秘義務違反をして疑いを大きくした銀行に怒りの矛先が向かったのでしょう。

西新町時代の多摩（中央、奥）と葉満代（多摩の右）

時をへて冷静に考えると、「あの人の仕業ではなかったかしら」と思い浮かぶ人もいますが、今となっては解明の仕様もありません。

姑のお叱りの原因は予想外のことが多かったのですが、中でもこの事件は思いがけないもので、「私が人のお金をごまかして松ぼりなんて」と心の声がつぶやき、気持ちの整理ができませんでした。

二度と疑われる原因を作ってはいけないと思い、それから私名義の貯金は一切していません。今、高齢になり、貯金は少しあった方が良かったと後悔していますが、仕方ありませんね。

悪人になる

夫・酉次郎も終わったと思っていた松ぼり事件の疑いは、その後も晴れることなく、姑による追及が続きました。収支記録の用紙を指さし「これ、あなたの字じゃないの?」と問うのです。明らかに私の字ではありません。今考えると「筆跡鑑定をしてください」と言えばよかったのですが、「違います」と答えられないのです。

人間は予想を超えた状況に置かれると、思考停止に陥ります。押し黙る私に対して、最後は姑が信仰する宗教団体の方が審議役になりました。誰かが犯人にならなければ、事は収まらないのです。審議役は事情がわかっているのかわからないのか、気の毒そうな口調で「これは、あなたの字ではありませんか」と問われます。何日も何回も続く同じ質問に、精も根も尽き果て、「やったことにしてください」と無実の罪を認めました。

この経験を思い起こすと、無実の罪を認めて、後に冤罪《えんざい》を訴える人の気持ちが理解できます。

私が犯人になることで物事が収まるのならば犯人になろう、と覚悟しました。そう思うことで自分自身の現状を受け入れる覚悟をしたのです。

この時以来、姑と時子さんは、私を共通の敵と見なすことで、わだかまりを超え和解しました。私が罪を認めて悪人になることで、母と娘の溝が埋まるのなら、それはよいことだと思いました。そしてその結果、お叱りを受ける時は姑だけでなく、時子さんも時折加わるようになりました。

私の意志は悪人になることで納得しましたが、本当の気持ちは心地よいはずはなく、悪人になりきれないストレスが私の身体を蝕みます。誰かに相談するということもできません。ひたすら自分の中に納めるしかありませんでした。「肚膨《はらふく》るる思い」という言葉そのままに、いつも胃腸に何かがつかえている感じになり、今に続く便秘で悩むことになりました。

長生医院時代の医療

私は医学に関しては無知ですので、あくまで台所から見た医院の様子としてお聞きください。夫がアメリカ留学をした頃から、医療も刻々と変わっていきます。

戦後から一九五〇年代の内科の患者さんの病気は、胆嚢炎《たんのうえん》と国民病ともいわれた肺結核、そして胃下垂が多くみられました。胆嚢炎の状態が長く続くと胆石になりますので、細い管を口から入れて胆管を洗い、石になるのを防ぐ治療がされていました。肺結核の治療薬はありましたが、とても高価でしたので、実際に行なわれていたのは気《き》胸《きょう》治療でした。

気胸とは、胸膜の間の胸腔《きょうくう》（肺の中）に空気がたまり、肺が正常に働かない状態をいいます。人工気胸は、胸腔に針を刺して空気を送り込み、肺の活動を低下させて自然治癒を促す治療です。医学の研究は進んでいましたが、現実は胆嚢炎も肺結核も原始的な治療が行なわれていました。そう、「胃下垂は本来ない病気」と夫が言っておりました。今現在、胃下垂という病名は聞かなくなり、夫の考えが正しかったことが証明されたようです。

この頃から夫は「特別診察」、略して「特診」といい、政界や財界の名士の胃病治療に呼ばれることが多くなり、東京、大阪などにたびたび出張しました。移動は蒸気機関車が牽引する寝台特急「あさかぜ」か「さくら」の二号車・個室で、博多駅まで家族全員で見送りにまいりました。今時、出張のたびに家族全員が見送るなどありえませんが、その頃は東京、大阪に行くのは大変なことだったのです。

九州大学の心療内科だけでなく、長生医院の入院患者にも催眠療法を始めました。この療法を受けるのは心因性が疑われる患者さんですが、思春期の女性が食欲不振を訴えるケースが多くありました。食糧不足の時にはありえなかった症状で、日本の経済成長とともに新たな不安が生まれた証《あかし》でした。

進路に悩む高校生Sさんとは長いお付き合いになりました。夫の治療を受けるうちに医学の道に進むことを決めて医学部を受験、そして合格、卒業後、東海大学医学部の教授をへて産婦人科

池見家には多くの来客があった。心療内科の先生方とご家族、池見夫妻（後列）

医院を開業しました。

治療方法だけでなく病気自体も時代とともに変化します。変わらないのは、人と人の葛藤が人間の心身を蝕むことと、病気が人間に不安と恐怖を与えることでしょうか。

西新の住人とお客様たち

池見家にはたくさんのお客様がお越しになりました。祖父・辰次郎が亡くなってからも、一族の絆を大切にして、事あるごとに集い、食べて飲む習慣は続きました。夜を徹してお酒を飲む親戚もいて、台所は大忙しです。接待は実家の母やばば様のありようを見て育っていますので慣れています。

ある親戚が「ここの家は何故か緊張するが、葉満代さんの顔を見ると安心する」と言ってくださいました。私だけでなく、たまにしかこない人も緊張させる何かが池見家にはあったのかもしれません。

姑の機嫌を損ねないように神経を尖らす私の緊張を和らげてくれるのは、いつも明るく楽しい義兄《あに》・哲太郎さんと優しい舅・利夫でした。義兄は豆を挽いて美味しい

蒲池家の両親とミレーさん（前列右）。後列、池見夫妻

コーヒーを淹れるだけでなく、訪ねてくる折は必ず何か珍しいお土産を持ってきてくれて、そして冗談やユーモアいっぱいの会話で笑わせてくれました。また、舅は外部から池見家に入ったという同じ立場から、私に心を許していました。姑が外出し、家に二人しかいない時は、ホッとしました。

ある時、舅が「あなたが妻だったら可愛がるけどな」とつぶやいたことがありました。舅にとって妻である多摩は気を使う対象であり、心が通う関係ではなかったのでしょう。

「精神身体医学研究所」の看板を掲げてから、九州大学第三内科「臨床心理研究室」の先生方も、夫の書斎に出入りするようになります。福岡聖恵《めぐみ》病院の院長のお父様で、浄土宗林松寺《りんしょうじ》の住職であった安松昭道先生は、読経と催眠の誘導の共通点に気づき、催眠療法の研究を始めました。

熱心な実験や研究が夕刻まで続くと、夕食をお出ししました。またまたお手伝いさんと一緒に台所は大忙しでした。「奥様の苦労を見ていると、何でも耐えられそうに思います」と言ってくれたお手伝いさんがいましたね。

先生方は、私と姑の関係に薄々気づかれていて、姑にわからないように「ご馳走さま。いつもありがとうございます」とお礼を言ってくださいました。見る人は見ていて、「守られている」と感じる瞬間でした。

先生方は、後に私を「華岡青洲《はなおかせいしゅう》の妻」と比喩《ひゆ》されます。華岡青洲は一八〇四年（文化元年、徳川家斉の時代）、世界で初めて全身麻酔の薬を使って乳癌の手術をした医者です。アメリカの全身麻酔より四十年早かったそうです。『華岡青洲の妻』は有吉佐和子の小説で、テレビドラマ化や映画化もされました。小説の中で実母と嫁が競って麻酔薬「通仙散《つうせんさん》」の研究の実験台になることからの比喩でした。

この頃、夫の催眠療法と英語の勉強のために、駐留米軍に勤務するミレーさんが下宿します。夫の求めに応じて、九州大学医学部のクラスメイトで、鳥取大学教授原田義道氏の紹介によるものです。

ミレーさんは、ニューヨークのコロンビア大学の心理学科を中途退学して兵役に就いていました。在学中、催眠現象を見世物とする「ステージ催眠」のアルバイトをしていたという経歴の持ち主でした。ミレーさんのために、組立住宅のミゼットハウスを庭に建てました。当時、ベビーブームで家族が増えたことから、簡単に独立した部屋が作れるように設計されたプレハブ住宅がミゼットハウスです。販売される(一九五九年)と同時に流行したものです。米国留学の経験がある舅はミレーさんとの会話が楽しいようでした。

そして、家庭に問題を抱える若い入院患者も加わります。人間の心の安定に欠かせない家族愛を実感させる「家庭環境療法」のためです。

家庭環境療法とは、安定した家庭環境の中で生活し、心の平安をとりもどす療法です。その療法の一環として、庭仕事や台所を手伝っていただき、食事も一緒にいたしました。

夫が兄や父親役、私が母親役、そして長男・隆雄と長女・陽子も仲の良い兄妹を演じます。何らかの要因で心を病んでいる患者は邪気《じゃき》のない子供を求め、子供たちも応えたのです。陽子と、仲良しの眞理子ちゃんに、「病室のお姉さんと話してきなさい」と促し、会話をさせるのも治療の一環でした。「今日学校でね……」と、何でもない当たり前の日常会話が、疲れた心の治療になるのです。

舅が亡くなったのも西新の家でした。お通夜は、義理の娘である時子さんが一晩添い寝しました。私にとっても心安らぐ舅でしたが、時子さんにも優しく、そして唯一、時子さんがお義父《とう》さんと呼べる人だったのです。

大橋への移転……終の棲家に

一九六六年、大橋に引っ越すことになりました。私は四十三歳、長男・隆雄は高校二年生になった時です。経営手腕がある時子さんが、西新の長生医院の病室を増やすため、私たちが移転することになったのです。

大橋の六〇〇坪の土地は、夫・西次郎の祖父・辰次郎が長女である姑・多摩に財産分与として渡したもので、多摩は三人の子供それぞれの名義で、各自に二〇〇坪ずつ譲渡しました。私たちが新婚三日目に泊まった姑の家はその土地にあり、その家を

家族そろっての食事。大橋にて

義兄《あに》・哲太郎が建て直して住んでいました。時子さんの土地は長生医院開院のため既に売却され、その土地を挟んで反対側が夫名義の土地です。畑だったその土地に、姑も一緒に住む家を時子さんが建ててくれました。庭木は哲太郎さんの庭から移し、患者さんの友人で東京の著名な建築家が、山小屋風の洒落《しゃれ》た家を設計してくれました。

新居は、西鉄大橋駅まで徒歩八分（私の速足で五分）、大通りから二〇〇メートルほど入った場所にあり、玄関前の道路を挟んだ正面には小さな公園がある静かな環境に変わりました。

その時はこの住まいが終《つい》の棲家《すみか》になるとは思っておりませんでしたが、それから五十年以上の時が過ぎました。

池見医院の診療は時子さんのご主人が続けていました。時子さんは、その後も福岡市西区今宿にマンションを建設したり、長生医院を売却し、池見医院に近い糟屋郡粕屋町大間《おおま》に、姑の名を付けた大きな多摩病院を開院します。そして、次第に不動産も増やし、実業家としての手腕を発揮していきます。その一方で、研究一筋の夫・西次郎を経済的に支えてくれていました。

夫・西次郎

夫・池見西次郎についてはよくご存じの方が多いとは思いますが、妻の立場で少しお話しいたします。西次郎は一九一五（大正四）年生まれで、私より八歳年上です。夫は常々「本当は文学部で学びたかったが、母の勧めで医学部に入り、お陰で医者になれた」と申しておりました。文学部志望の願いは叶いませんでしたが、文学を学びたい想いがあったからこそ、多くの著書を残せたのだと思います。

幼少の頃から心身病弱で、徴兵検査は眼底出血が原因で落ち、兵隊に行っていません。終戦直前に試験入隊し軍事訓練を受けましたが、直後に終戦を迎えています。私との結婚はその後のことです。とても大事に育てられたものですから、社会的には不器用なところがあり、物事を進める時に「もっと要領よく、上手く運べばよいのに」と思うこともしばしばありました。英語が堪能な秘書を私費で雇い、高給を払い、英文での著書を自費出版し、カナダに送って喜ばれたと思えば、韓国の学会に送った千冊が行方不明になったこともありました。もちろん入金はありません。

義兄の哲太郎は冗談を言い、周囲の人を笑わせ楽しませるチャーミングな人でしたが、夫は微笑むことも笑うことも少なく、研究一筋で、吸っていた煙草が健康に悪いと知るとすぐにやめる真面目な性格でした。一時期、医局内のコンペに参加するためにゴルフ道具を買い求め、庭で素振りをしたり、プロに指導を受けたりしていましたが、楽しむより負けたくない気持ちが勝るようになってやめました。

内気で消極的なのに、研究に関しては一瀉千里《いっしゃせんり》に突き進む人で、欲しい情報があれば、相手がどんなに目上の人であれ、また目下であっても躊躇《ちゅうちょ》なく連絡をし、席を設けて議論をしました。

今でも、九州大学の研究室関係の人が集うと、「池見先生の早朝電話」が話題に上ります。研究に関してのアイディアがひらめくと、朝七時に研究室の誰彼《だれかれ》なしに電話をし、そのひらめきを告げずにはおれませんでした。ひらめきはホッと一息つく夕刻の入浴中や就寝前に起こります。そのひらめきを忘れないようにメモし、翌朝電話をするのです。本人は朝まで必死に我慢しているのですが、早朝に電話を受ける人は驚き、戦々恐々だったそうです。

大学関係の人や患者さんに対しては温厚な研究者、医師として振る舞っていましたが、二人の子供に対しては、自我をむき出しにし、癇癪《かんしゃく》を起こすことがありました。仕事人としては、良き父親を演じることはできるのですが、実の子どもには愛情深く温かい父親にはなり切れない幼さがありました。自分自身が父親を知らずに育った事も原因だったのでしょうか。そのため、二人の子供は父親の愛情を求めながらも恐れることになります。

「セルフ・コントロール」を生涯のテーマにしたのは、そのような自分の問題と向き合ったのかもしれません。

私は「妻の務めは、夫に余計な心配をさせず、葛藤に巻き込まず、家庭を守るもの」と蒲池家で躾られていましたので、当然のように夫に一所懸命仕えました。

結婚して二十三年後（一九六八年）に夫が出版した『自己分析――心身医学からみ

た人間形成』（講談社現代新書）で初めて知り驚いたのは、私との結婚は二度目ということでした。最初の結婚は医局に入って間もない頃で、恋愛結婚だったようですが、姑の強い反対で離婚しています。

夫が私に対して常に優しく穏やかに接してくれるのが不思議でしたが、「二度と伴侶を失いたくない」との思いからだったのかもしれません。

私の存在意義

姑・多摩の思い通りに事が進み、心が満たされていると、周囲の者の日常生活がスムーズに流れます。一九六三年に夫・酉次郎がブラジルで開催された学会に出席した折も姑が同行しました。姑は七十歳を過ぎておりましたので、飛行時間も長く、ハワイで乗り継ぎする海外旅行は大変だったようです。それでも、息子との海外の旅は嬉しそうでした。

学会の出席者の多くは妻を伴いますが、私は表に出ることを、意識して控えていました。

ブラジルでの学会に参加して。中央に西次郎と多摩

家を守っていると、自然と私の裏方としての役割が決まってきます。特に重要な役割は、親戚関係や家庭内で起こるトラブルを人知れず処理することです。

　その役割を淡々と果たすことができたのは、種々雑多なトラブルを処理する実家の父の姿を見ていたからです。

　親戚関係はお金の無心が多かったですね。大学の研究者は裕福と思われていたのか、日頃あまり交流がない遠縁からも頼られました。ほとんどといってよいほど、夫は請われるままにお金を渡しました。また、お貸しすることもありましたが、振り返ってみると、ほとんど返ってきていません。お金を貸す時は、最初から援助するつもりで渡すものなのでしょう。

義兄・哲太郎兄さんが自宅の横に持つアパートに、家庭環境療法に適すると思われる患者さんが住むようになりました。多くの患者さんを台所から見ていますと、私なりに心を病む人の傾向が徐々に見えてきました。医者には見せない真実の姿を、台所からは見ることができました。

私は、家庭環境が夫の研究にマイナスの影響を与えないように、すべての采配を振る必要がありました。まずは姑と患者さんとの関係です。私が夫の側にいることが腹立たしいと、姑が思っているのはわかっていましたが、患者さんに対しても同じでした。著書の原稿書きの手伝いができ、それが治療に役立ちそうな女性の患者さんに助手を頼みますと、やはり、息子の側に女性がいるのは腹立たしいのです。原稿が完成するまで、私は姑の顔色をうかがいながら、トラブルにならないように気を使いました。

患者同士のトラブルにも要注意です。何でもないようなことでも問題が起こります。ありえないことが、あったことになり、それをあろうがなかろうが、収めるのが私の役目でした。

一九六八年に起きたカネミ油症事件に関わるトラブルも印象に残っています。カネミ倉庫株式会社が製造・販売する食用油（ライスオイル）に、製造過程で人体に有害なポリ塩化ビフェニル（ＰＣＢ）や、ダイオキシン類の一種が混入した食中毒事件です。西日本を中心に、そのオイルを摂った人が、吹出物、色素沈着などの皮膚症状や、目やに、肝臓障害などの症状を起こしました。

この事件に関して週刊誌の記者から取材を受けた夫が、あくまで心理学者の一般論として「湿疹などの皮膚症状には心理的な影響がある」と答えました。夫はハゼの葉にさわるとかぶれる人の約三割が心因性であることを実証し、その論文が欧米の学会で認められておりましたので、インタビューされたのです。

ところが、週刊誌には、まるで夫がカネミ油症事件の患者さんの症状、「すべてが気のせい」と言ったかのように書かれていました。

それで、食用油を販売したカネミ倉庫株式会社と、それを黙認した政府の監督責任を追及するグループの人が、家に押しかけてきたのです。十名くらいでしょうか、狭い玄関に陣取り、「池見先生に話がある」と言うのです。

もちろん夫は出さずに、私が対応しました。「夫は研究者で、研究上の一通りの話をしただけです。誤解を生むような記事になり申し訳ありませんでした。皆様のなさっていることを否定したわけではありません」と真実を言い、ひたすらあやまりました。

また、なにが原因かはわかりませんが、姑の元に明らかに暴力団員と思える人がきたことがありました。言いがかりの〝お詫び〟に姑が真珠のネックレスを渡すと、「このネックレスは本物でない。馬鹿にしているのか」と、さらに怒って帰りました。

そこで私の出番です。ご自宅に伺い、大きな象牙のアクセサリーを「これでよかったら、お使いください」と奥様にさし上げると、喜んで受け取られ、この一件は落着しました。

葉満代とアーサー

その象牙は、夫が特別に診察していた財界の名士から、お礼にいただいたものでした。

その後、私の唯一の慰めだった飼い犬、コッカースパニエルのアーサー（通称アーコ）が行方不明になった時、象牙をさし上げた奥様が「何か困ったことがあれば、何でも相談してくださいね」とおっしゃったことを思い出しました。警察ではケンモホロロにされた迷い犬事件ですが、親身になって小さな犬を捜してくれました。結局、愛犬との再会は叶いませんでしたが。

こうした経験から、構えず相手を信じると何とかなると思うようになりました。自分自身がやましくなければ、怖いものはありません。

私の心と身体

小学生の夏休みを唐津の海辺で過ごしたり、筑後川での水泳で、嫁ぐまで風邪もひかなかった私が、二十二歳で結婚してすぐ、肋間神経痛になりました。この時は鎮痛剤「ブスコパン」で治りました。

それから約十年後、西新町に越してまもなく、右上腹部に胆囊炎が疑われる激しい痛みを感じるようになりました。

その時代の胆囊検査は、造影剤と生卵の黄味を二個飲み、胆囊が動いているかどうかを調べるものでした。私の胆囊は動いていました。胆道ジスケネジーともいうこの症状は、緊張からくる交感神経の働き過ぎが原因で、女性に多い症状でした。

　この後、痛みが起こると、病院で処方された塩と重曹が含まれる緩和剤「カルルス泉塩《せんえん》」と卵の黄味を飲みました。自分の胆嚢が動いているとイメージできると、副交感神経が働き出し自律神経のバランスが整い、痛みはなくなりました。

　一九五八年、三十五歳で姑と同居するようになってから始まった、胃腸がつかえている感じはだんだんひどくなります。

　対策として、まず家族とは別のテーブルで、お手伝いさんと向き合って食事をするようにしました。夕食時、夫の視線が私にくると、姑の機嫌を損ねることがわかったからです。視線の合わない別のテーブルに座れば、姑の機嫌も損ねず、私の胃腸も緊張せずに食事ができました。

　そして、「いつもつかえた感じのお腹を、少しでも空にして楽になりたい」という思いで、朝食と昼食はインスタントコーヒー一杯に砂糖を小さじ一杯入れたものにしました。ちょうどその頃インスタントコーヒーが売り出され、盛んにテレビコマーシャルが流れ、西新のスーパーでも売っていました。夕食は今まで通りにいただきました。今風にいえば半断食健康法です。

大橋に越してからももちろん、この食習慣は二〇一五（平成二十七）年に九十一歳で最初の大腸癌の手術を受ける日まで続きました。術後最初にいただいた朝粥があまりにも美味しくて、それからは、朝食にお粥をいただくようになりました。

夫は時折、家族全員を外食に伴いました。高校二年生の隆雄と高校一年生の陽子と姑、そして私で、西鉄グランドホテルのレストランで食事をした時のことです。その席で、私は久しぶりに口にしたビールで失神したのです。

驚いた夫は、私を背負いタクシーで帰宅しました。夫に背負われながら、おぼろげな意識の中で、「お義母様が見ているのに、大丈夫かしら……」とドキドキしたのを今でも思い出します。

ビール一杯のアルコールで緊張が解けたのか、酸欠状態になったのか、医学的なメカニズムはわかりませんが、この時、私自身の脳と身体が緊張で固まっていると自覚しました。

嫁として妻として、そして母としての小さな責任感と使命感で日々の役割をこなしておりましたが、胃腸の緊張からくる慢性の便秘、そして便秘が原因と思われる腹部のガス症状、ゲップやしゃっくりが頻発し、二錠だった便秘薬は徐々に増えていつしか七錠を飲まなければ効かなくなっていました。白髪も増え、娘時代は「葉満代ちゃんは寝ている時も笑顔よ」と言われていた私が、いつの間にか歯を食いしばって寝るようになり、その習慣が歯根を痛め、歯の多くを失いました。次第に、自分の身体が壊れてもどうなっても良いという気分になっていきました。

この頃、今考えると、しなくていい手術を受けるために入院したことがあります。病院で具合の悪さをお医者様に訴え、検査をしてそうなったのですが、病名さえ忘れてしまいました。今考えるからこそわかることですが、その時の私が、現実から逃避するには、病気になるしかありませんでした。

池見家の子供たち

私は姑・多摩に、事あるごとに叱責されていることを、子供に知られないよう配慮していたつもりでした。しかし、姑が私を責める声は部屋の外に響き、隆雄と陽子は手をつなぎ、部屋の前の廊下をおろおろと行ったりきたりしていたそうです。私たち大人の葛藤は家庭内のとげとげしい殺気となり、純粋で繊細な子供たちの心に影響を与えました。大人への不信から、人間を怖がるようになったのです。

ある日、小学校から帰った陽子が、私が姑に叱責される場面に出くわしました。陽子は母親と祖母の葛藤を目のあたりにして驚き、声も出ず、身体を固くして動けない状態になりました。陽子もかわいそうでしたが、「母親を守らなければ」と意識した陽子もかわいそうでしたが、私も、自分の現状を知られて情けない気持ちになりました。

また、ある夕刻の廊下に立ちつくした陽子の後ろ姿が、私の脳裏に焼き付いています。ちょうど夕食時でした。食堂のドアの隙間から、家庭環境療法で父親役を演じる夫と思春期の患者との食事風景が見えました。家族の温もりを感じさせる治療ですから、夫は穏やかに優しく患者の子供たちの甘えに応えていました。

夫は、現実の日常では何かが心に触ると抑えられず、なぜか陽子に当たっていました。癇癪を起こした直後に、「しまった」と我に返り、「陽子でなく私を叩いてください」と言う私に「もうしない」と謝るのですが、繰り返しました。

陽子は、突然理由のわからない癇癪を自分にぶつける父親が、患者に優しく振る舞う姿を見て悲しくなったのでしょう。甘えたいのに甘えられない現実と、目の前の父の姿のギャップを受け入れられず、その後ろ姿は肩が震え、泣いていました。後ろから抱きしめてあげたい衝動にかられながらも、私も深い悲しみに身体が動きませんでした。

夫の身替わりのように姑に可愛がられた隆雄も、心底甘えることはできませんでした。母である私と祖母の葛藤を感じ、それぞれに気遣い、人が信じられず、他者の視線を恐れるようになりました。

隆雄はそんな自分から脱皮しようと決意し、文学書を読み漁り、クラシックからポピュラー、そしてジャズなど、あらゆるジャンルの音楽を聴き、哲学、宗教、心理学を学び、映画を観、「親の姿を見て、意味を考え」、「自分はどう生きるべきかを必死に模索し」、一所懸命、自分を育て直したのです。それは偉大な父親・池見酉次郎の子供に生まれた宿命から這い出すことでもありました。

ある意味、息子にとっては父親がライバルです。隆雄は、その苦しみの結果、様々な人の立場や、目線にもなることができ、悩みを持つ人が話しやすい人になりました。医療という立場でなく、違う立ち位置から父親を追い求め、そして、父を超えようとしたのです。

子供は親を選ぶことができません。宿命の出会いです。そう考えると、母としての私の存在感のなさこそが、二人の子供たちの成長に影を落としたと、本当に申し訳なく思います。姑の振る舞いに耐える力はあっても、母としての役割には後悔あるのみです。

第三章　本当の私に——自彊術との出会い

姑・多摩を看取って

時子さんが開院した多摩病院は一階に内科と小児科があり、二階は姑の部屋もある自宅、三階は賃貸のマンションでした。体調のすぐれない姑は、多摩病院の部屋に引っ越し、まもなく脳梗塞《のうこうそく》で倒れました。

姑が体調を崩したのは、長年婦人会の会長として関わってきた宗教団体の副会長への怒りが直接的な引き金でした。原因は、夫・酉次郎が宗教団体に依頼されて行なった講演への評価です。副会長が代表に講演についての感想を報告した内容が許せなかったのです。副会長は正直な感想を報告したのだと思いますが、姑の存在意義の源ともいえる息子への評価は、賛辞《さんじ》以外は許せなかったのです。私がとりなそうとしましたが、この時ばかりはどうしようもありませんでした。

しばらく自室で療養していた姑は肺炎を併発し、看護体制がより整った九州大学病院に移りました。もちろん、一日に数回、夫が病室を訪れ、他の医者も看護婦さんも、できる限りの治療をしてくださいましたが、やがて昏睡《こんすい》状態になりました。

昼は看護婦さんなどの出入りがあるのですが、夜間は一人の状態が長く心配なので、私は姑の病室に畳を置いて寝みました。家の手伝いをお願いしている井手シズヨさんが、一日おきに交代してくれました。井手さんは夫の元患者さんで、私たち家族が信頼している人です。

深夜、幼子のように眠り続ける姑を見ていると、姑の悲しく寂しかった幼少期が思い浮かび、「小さい頃にお母様が家を出て、辛かったのだろうなぁー。気の毒に」と同情の気持ちが湧き起こりました。そして、いくつになっても癒《い》えない心の痛みのはけ口が私だったのだろうと、今までのことが理解できました。

九大病院に入院し、医局全体で看病されること三カ月。一九七四（昭和四十九）年、愛する息子に看取られながら、姑は安らかに息を引きとりました。姑は八十四歳でした。

私も夫の母を看取ることができ、嫁の役割を果たせました。

葬儀には、大学関係の方々からも多くの弔問をいただきました。九州大学に心療内科を創った池見酉次郎の母親の葬儀は、さながら九州大学心療内科葬のように盛大でした。幸せな最期だったと思います。

多摩という女性

あれほど苦しめられた姑を、なぜ穏やかな気持ちで看取る事ができたのか、と疑問に思う方もいらっしゃると思います。それは私なりに姑を理解し、受け入れることができたからです。私は、姑を大きく三つの事で理解しました。

まず、三人の子供のうち、次男・酉次郎を溺愛していたことです。酉次郎は無条件に愛を注げる恋人であり、自分に辛く当たった人を見返すための希望の星でもあり、さらに自分の分身でした。

夫にとっても、様々な試練に挫折しそうになるたびに、支え続けてくれたのは姑でした。夫が心身医学を学び始めた時、周囲の人はみな反対しました。唯一、母親の多摩だけが「周りの皆さんが反対してくれるからこそ、あなたはこれをやり通しなさい」と言って背中を押し、応援し続けました。

そして二つ目は、姑の生い立ちと環境です。池見辰次郎の長女として生まれた姑の実母は、多摩が物心ついた時に家を出ており、叔母に育てられたと聞きました。私が嫁いだ時に、母親の写真はおろか位牌《いはい》もなく、「ご位牌を創られてはいかがですか」と勧めたこともありましたが、名前もわからず、叶いませんでした。

離婚後に「大吉楼」に住み、父親の事業の経理を担当すると、環境はより複雑になります。父・辰次郎には、姑にとっては義母に当たる正式な妻以外に五人の女性がおり、その女性たちを養女にし、他の妓楼経営などを任せていました。女性たちにはそれぞれ子供がいて、お金の流れを担当する姑は目の上のたん瘤《こぶ》のような存在で、多くの諍《いさか》いがあったと想像します。「事実は小説より奇なりだよ」と言った夫の言葉からも、実際にたくさんの修羅場があったのでしょう。

そして三つ目は、そうした複雑な環境からくる姑の気質です。父親の成功で金銭的には恵まれ、女学校教育も受けていましたが、孤独で心は満たされていなかったと思えます。環境に負けないように「今に見返してやる」と気丈に頑張り、その手段の一つが子供の成功だったと思えます。そして「ライバルは叩かれる前に叩き落とす」でした。

結婚二十三年目に夫の著書で知った夫の最初の結婚は、姑の同意を得ないものでした。結婚を知った姑は烈火の如く怒り、怒りは結婚相手の女性に向けられました。女性と対峙した畳の上に包丁を突き刺し、女性に離婚を迫ったそうです。夫も、母の強い反対の前には、なす術《すべ》がなかったのです。

多摩の幼少期の寂しさ、偉大な父親を尊敬しながらも相反する心理、本意でない二度の心の通わぬ結婚、そして、女の欲が渦巻く中で、諍いのストレスは心の中に澱《おり》のように積み重なったことでしょう。私が嫁いだ時は仕事をやめ、宗教活動に身を投じていました。最初は可愛い息子・酉次郎の心身病弱を解決するために始めた宗教活動が第二の人生になっていました。しかし、心豊かに過ごすために身を投じた世界でも、やはり「負けてはいけない」と緊張し、戦っているように見えました。

真実は誰にもわかりませんが、時をへても癒されない寂しさや悲しさ、そして怒りのはけ口が嫁だったのだと、私なりに理解しました。

死に囚われる日々

姑が亡くなり、私の苦しみがなくなったと思われるかもしれませんが、そうではありませんでした。多くの場合、ストレスの原因がなくなれば、ストレスは解消するかもしれません。しかし私の場合は、三十代から約二十年間の姑との葛藤は心身奥深くまで浸透し、身体も脳も緊張し切っていたようです。

どのような状態だったか、ですか？　まず、相変わらず食べ物の味がせずに便秘が続いていました。ただ、これは食事を抜いて、腸を空《から》にすれば解決できました。そうすると、身軽な感覚がありました。しかし、心（脳）は暗黒の中にいる鬱《うつ》状態といえるものでした。

今考えてみますと、私自身が「滅私《めっし》」という忍従《にんじゅう》のガラスの箱に閉じこもっていて、脳を自分で縛っていました。滅私の一番の要因である姑が亡くなり、悩む余裕ができたのかもしれません。

そう、自由になって唯一「親になろう。親になれる」と思いました。今まで、姑に気を使うことばかりで、子供に配慮するエネルギーはありませんでしたから。ところが、子供たちも進学で独立します。夫が大学病院にいる昼間は一人になり、空虚感《くうきょかん》は一層増しました。

この苦しみから何とか抜け出そうと、ありとあらゆることを試みました。それまでも夫・西次郎の誘いで、人間関係や心理学の勉強はたくさんしていました。また、仏教書や哲学書をはじめ、心や考えに関する本も多く読みました。何かの力になるかもしれないと、産業カウンセラーの資格を取ったのもこの頃です。

夫と一緒に、「健康を科学する会」などの勉強会にも参加し、自律訓練法などの呼吸法も試しました。夫の著書にあるように、この呼吸法は効果が出る人も多いのですが、私には効きませんでした。頭で意識して呼吸すると、ますます緊張するのです。「自律訓練法で解決できない私は、無知無能だ」と自分を責めました。身体を動かす気功やヨガにも挑戦しましたが、状態は一向に改善しませんでした。

理想と現実が一致せず、「何か違う」と自己不信のまま苦悩の日々を過ごしておりました。

姑が亡くなって四年ほど経った、ある日の午後のことです。疲れ切った心と身体は限界になり、「辛い状態を終わりにしたい」と思いました。その瞬間は、子供や夫や家事のことは一切考えず、この苦しみから抜け出したい一心でした。

そして、「息さえ止めれば死ねる」と必死で息を止めました。しかし、苦しくなり、思わず深く息をしました。意識して息を止めようとするのですが、無意識に呼吸しいる私がいました。そして、空気の存在を感じました。今まで、あるのが当たり前の空気の存在など、感じたことはありませんでした。自分で生きているつもりでしたが、地球の自然の中で「生かされている存在の自分」がそこにいる、と気づいたのです。

そして、「ここにいる意味は何だろう?」と考えました。

アウシュビッツから生還したユダヤ人心理学者ビクトール・フランクル博士(Viktor Emil Frankl／一九〇五～一九九七年)の、「どんな人も、生きている意味と使命がある」という言葉を思い出しました。

フランクル博士は、著書『夜と霧』(新版、みすず書房)の中で、ナチスの強制収容所での生活に絶望し「生きていることにもうなんにも期待がもてない」という自殺願望の男に、「外国で父親の帰りを待つ、目に入れても痛くないほど愛している子供がいた」こと、「生きていれば、未来に彼らをまっている何かがある」ことを思い出させることができたと記しています。そして「自分を待っている仕事や愛する人間にたいする責任を自覚した人間は、生きることから降りられない」と書いています。

私は、「この身体も存在も小さな私が生きている意味は何だろう？」と考え、そして、「雑草でさえ、肥料になって役に立つ存在じゃないか。私が生きている意味を確かめなければ、死ぬことはできない」と思いました。そう思った途端に、まるで死に囚《とら》われていた心を洗い流すかのように、涙が溢れました。

自彊術との出会いと再生

深く呼吸して少し落ち着き、テレビのスイッチを入れると、体操教室の風景が目に入り、画面に見入りました。思いがけないことに、画面の中に夫・西次郎が主宰する研究会に参加されている野々村房子さんが、講師のアシスタントをしている姿がありました。

簡単な動きが続く体操は自彊術でした。この映像を見て、「この動きなら、自然な身体呼吸ができるかもしれない」と思いました。『釈尊伝』（松原泰道、佼成出版社）

に「誰もが生かされている意味があるが、それは、考えるだけではわからない」とありました。そう、行動です。神様か仏様かわかりませんが、大いなる宇宙からの啓示《けいじ》を受けたかのように、福岡市の博多駅前にある朝日カルチャーセンターの教室に申し込みました。

それまで、自我を抑え込む「滅私」こそが道徳的な生き様と思い込んでいましたが、心を縛られる家から少しでも離れたいと思い、自分のために時間を取る決心をし、行動を起こしたのです。週一回の、自分のための時間が始まりました。

久保穎子先生がカバーに登場した
『健康を創る自彊術』（小学館）

タクシーで駆けつけた教室は、野々村さんをはじめ五十名ほどの生徒の熱気で溢れていました。講師は、現在、公益社団法人自彊術普及会の第四代会長を務める久保穎《えい》子《こ》先生でした。

自彊術は簡単な三十一の動作を順にして、動きとともに呼吸します。意識を操《あやつ》らずに、ただ身体《からだ》を動かす自彊術という体操は爽快《そうかい》で、予感通り私に合っていました。

体操を始めると、気持ちがさわやかになり、そうすると「こんなにも主人に守られている」と感謝の気持ちが新たになりました。

それからは翌週の教室が待ちきれず、自宅でも体操の図解パンフレットを見ながら身体を動かしました。すると日々、細胞が生まれ変わっていくような感覚があり、三カ月も経つと全身の細胞が蘇《よみがえ》った自覚がありました。

同じ時期に入門し常に一緒に自彊術をした方に、現在は、自彊術普及会の九州・中国総支部長を務める、美しく若々しい宮本縒子《よりこ》さんがいました。自彊術教室は体調がすぐれず、病院で病名がついてもなかなか改善しない主婦が多く参加されており、宮本先生もそのお一人でした。後に親しく会話するようになり、「最初に葉満代さんに会った時は、ニコニコなさっていたけど顔色は青白くて、見るからに具合が悪そうでした。ところが、一週、一週、お会いするごとに元気になっていくのに驚きました」と言われました。私の不健康な様子は皆の中で突出《とっしゅつ》しており、それだけに元気になるスピードも誰より早かったのでしょう。

姑が亡くなって四年後、一九七七年、五十四歳での自彊術との出会いから、私の本当の人生が始まりました。

自彊術がつなぐ縁

自彊術を始めて、今までと違う毎日が始まりました。印象深い出会いをお話しいたします。

近藤芳朗《こんどうよしろう》先生との出会いは、自彊術教室に通い始めて一年もたたない頃の教室でした。先生は久保穎子先生のお父様で、福岡に嫁ぎ、九州で初めてカルチャーセンターで自彊術教室をスタートした愛娘《まなむすめ》・穎子先生の応援にこられました。

近藤先生は東京大学で病理学の学位をとられた医学博士で、東大病院でも治らない妻・幸世夫人の変形性脊椎症《せきついしょう》が自彊術でよくなり、先生ご自身の糖尿病も回復したことから、自彊術を研究なさっていました。

ご自分の医院に通院する患者さんには、必ず自彊術を勧め、診察の際はまず「ちゃんと自彊術していますか」と尋ねていたそうです。「していません」と答える患者さんには、「薬も効かない」と処方されないこともあったそうです。

その近藤先生が教室で自彊術の指導後、心の大切さを話す手元には、驚くことに夫・西次郎の著書『心療内科』（中公新書）がありました。

講演が終わり、「その本は私の夫が書きました」と弾む気持ちで伝え、私が自彊術を実践することで体調が改善したこともお話ししましたら、とても喜ばれました。

夫も近藤先生との出会いを喜んでくれると思い、帰宅するやいなや話しました。そして、「自彊術は心療内科でやるべきこと」と夫に伝え、その後、近藤芳朗先生と夫の共同研究と活動がスタートします。

近藤先生の「ただ息を吐いて、肩をストーンと落とせ！」、「必死で体操するな！」と言う言葉は心に響き、今も体操をしていると、時折聞こえてきます。とにかく、何事も追われるように一所懸命しすぎている私に、「自分を見極めながら進みなさい」という意味で言われたのだと感じたからです。

久保穎子先生は私の命の恩人ともいえる方です。午前中の教室が終わると、よく昼食に誘ってくださいました。おうどんをいただきながら、野々村さんや他の生徒さんも交え、四、五人でおしゃべりに興じるのも楽しいひと時です。今風にいうと女子会でしょうか。

久保先生の話題は、歴史や文学、最近の映画やベストセラーに歌舞伎やスポーツと多岐《たき》にわたります。そして話の切り口はウィットに富み、どんな本にも書かれていない視点で話されるので、面白く笑い転げました。

家の中での会話は必要最小限の報告、連絡、相談が中心で、雑談などほとんどありませんでしたから。結論の出ない、取り留めのない会話をして笑う楽しさも知りました。

私は人前で話すのは苦手でしたが、自彊術仲間には、「宇宙から見たら、私たちの存在はゴミよ」と言ったり、姑とのことも「モグラ叩きの刑に遭いまして」と冗談交じりに話したりしました。頭の中の膿《うみ》を出し、「脳の解放」を果たした気分になりました。

近藤先生との共同研究の一環で、久保穎子先生の自彊術の実践と夫・西次郎の講演がセットの活動もありました。その打ち合わせに、夫が穎子先生に電話をすることがありましたが、同時期、夫の研究室に久保千春先生（現・九州大学総長）が在籍されていて、夫はよく朝一番の電話で指示をしていました。ところが、夫は千春先生のつもりで、電話帳に並ぶ同じ苗字の穎子先生に間違い電話をかけることがたびたびありました。「アー、えいこちゃん。また間違った」という声が聞こえると、穎子先生が

3人での講演会で。左から池見酉次郎、近藤芳朗先生、久保穎子先生

何とおっしゃっているかはわかりませんが、電話を切った後は満面の笑みです。

お父様の近藤芳朗先生にとても可愛がられた穎子先生は、ご自分のお父様に甘えるように酉次郎にも甘え、夫もそれが嬉しかったのだと思います。

人は相手によって、心も態度も変わります。夫がほとんど笑わない人と申しておりましたが、笑う環境にいなかったというのが正しいようです。

母・多摩を亡くし、一時期は、人生すべてを失ったかのように嘆いていた夫も、心身医学と自彊術の縁で生き返ったのです。

弟子丸泰仙《でしまるたいせん》師との出会いも忘れられません。弟子丸師はフランスで禅を広めた曹洞宗《そうとうしゅう》の僧侶です。実業界で活躍した後に得度し、一九七六年に渡仏し曹洞宗のヨーロッパ開教総監《かいきょうそうかん》（現・国際布教

弟子丸泰仙師（中央・右）とアン・マリーさん（中央・左）

総監）に任命され、一九七〇年に国際禅協会を設立、パリに禅道場を開いて禅ブームを巻き起こしていました。

キリスト教徒の多いフランス人が、なぜ禅なのかと疑問に思いましたが、当時はベトナム戦争が起き、ヒッピー文化が流行り、混沌とした時代でした。言葉は通じなくても、まずは座ってゆっくり呼吸する座禅という行ないが、迷い悩むフランス人の心に響いたのでしょう。これは、三十一の動きとともに呼吸する自彊術体操や、呼吸で自律神経のバランスを図る自律訓練法と共通していました。

夫が近藤先生と弟子丸師に連絡をし、三人でパネルディスカッションをいたしました。会場は福岡市の奥博多温泉の大宴会場です。今でしたらもう少し洒落《しゃれ》た場所がたくさんありますのにね。

弟子丸師は、玄米食を常食にする美しいフランス人パートナーのアン・マリーさんを伴っていました。大宴会場にお集まりいただいた方々の前で、金髪で青い目のアン・マリーさんが黒の僧衣を纏《まと》い、座禅する美しい姿は、今でも目に浮かびます。

子供たちの結婚

一九七七年に、長男・隆雄が結婚いたしました。嫁のまち子さんは、小学校の教師で、内面も外面も美しい女性です。出会いは二人の共通の趣味のコーラス同好会でした。長崎での同好会の合宿中、隆雄は、夜道を一人で散歩し、崖の下に落ちて怪我をしてしまい、その時に、隆雄を親身に看病してくださり、血染めになった布団の処置もテキパキとしていただいたそうです。隆雄の怪我は何と鼻の骨を折っていたそうです。

この顚末を私に話してくれた時に、「看病してくれたのはまち子さんといい、結婚するならこの女性」と言うのです。

私は、母親としての頑張り時と張り切り、その日のうちに、住所を頼りに春日市のまち子さんの実家に伺いました。てっきり本人同士の合意があると思ってのことでした。ところが、そうではなく、私の早とちりでした。しかし、それからの二人のお付き合いは順調に進み、めでたくゴールインできました。

まち子さんが「隆雄さんだけでなく、お母さまとも結婚します」と挨拶してくださった時は、その昔、妹と「優しいお姑さんになろうね」と交わした手紙を思い出しました。手紙を割烹着のポケットに入れて、うっかり落とし、拾った姑・多摩から「早く死ねばいいと思っているんでしょう」と疑心暗鬼の火種になり、私がメモを取らない原因になった手紙です。時をへて、本当の気持ちが叶ったように思えて嬉しかったですね。

翌年十一月に孫の真希《まき》が誕生しました。まち子さんは小学校教師の仕事を続け、お昼休みに授乳に帰宅する忙しい毎日でしたので、日中は、私が真希ちゃんを預かりました。

長女・陽子は、「動く浮世絵」と評される日本舞踊家・武原はんの舞姿を見て憧れ、泉徳千春《いずみとくちはる》師匠に入門しました。熱心に稽古をすることで、心身ともに解き放たれ、自信を持って生活しているように思えました。

陽子が、「電気ホール」（現・電気ビル共創館）で泉徳千春師匠の長男・徳麻呂さんと共演した常磐津《ときわづ》「松廼羽衣《まつのはごろも》」は、母親の欲目かも知れませんが素晴らしいものでした。

その後、夫の研究室に出入りする九州芸術工科大学の助手の方との出会いがあり、結婚いたしました。

魔女の一撃をあびて

ちょうどその頃、夫は九州大学の教授を退官して名誉教授になり、北九州市立小倉記念病院の院長に就任しました。心療内科の研究も徐々に認められ、全国各地に心身医学を身近に学ぶセルフ研究会が次から次とでき、多忙を極めていました。その疲れを癒すために、私たち夫婦は月に一回、脇田温泉に行っておりました。

大橋の自宅と小倉記念病院の中間に位置する常宿に二泊した朝、鏡台に向かっていた時のことです。「はまよー」と私を呼ぶ夫の声に「はーい」と応えて振り返った途

真希ちゃんと葉満代

端、口紅を落としました。それを拾おうと身体を捩《ねじ》った瞬間、腰に激痛が走ったのです。

　ギックリ腰の別名を「魔女の一撃」というそうですが、まさしく、その一瞬に魔女の踵で蹴られたような感じでした。ところが私は生汗《なまあせ》が出るほどの痛みにたえ、平静を装いました。いつものように、夫は病院に出勤し、私は自宅に帰って真希ちゃんを預かりました。一〇キロ前後ある真希ちゃんをおぶったり、抱いたりして、腰の痛みは増すばかりでした。

　なぜ「痛い」と言って周囲に協力を求めなかったか――不思議でしょうね。その時の私は、我慢するしか選択の道がないと思い込んでいました。時をへて、客観的に自分を分析しますと、私は他者を優先し、自分の感情や感覚を押し殺す「滅私のガラス箱」の中に、未だにいたのです。他者も大切にしながら、自分自身も大切にする本当の私には、道半《みちなか》ばでした。

しかし、滅私の効用もありました。真希ちゃんを抱きあげ、たえがたい腰の痛みをこらえている時、腹筋に力を入れると、痛みが軽くなることに気づきましたから。「療法から生まれた自彊術で、ギックリ腰の治療ができないはずがない」と、当然のように思いました。そして、いつもより腹筋を意識して力を入れ、体操をいたしました。すると、三日後には嘘のように回復したのです。

「自彊の舞」からヘルス・アートへ

ギックリ腰が回復してから、自彊術の三十一ある動作の一つ一つを正しく意識し、一層励みました。そして、自彊術をする時だけでなく、日常生活でも腹筋を意識する手段が必要と思いました。すると、タイミングよく久留米高女の一年後輩で、心身医学協会に入会されていた笠スミ子さんが「素晴らしい日本舞踊の先生がいらっしゃいます」と、泉徳千春師範を紹介してくださったのです。

徳千春師範は小学校の教師を早期退職され、泉流の初代家元・故・泉徳右衛門の直弟子になり、日本舞踊を教えていらっしゃいました。稽古場は、西区今宿の自宅や、博多区の公民館、中央区薬院のマンションなどで、どの稽古場も先生の人柄を慕う、かつての教師仲間や教え子、母親たちで賑わっていました。

私はその時々の都合で、すべての稽古場に通い、それは、二〇一一年に徳千春師範が亡くなるまで三十年近く続きました。長女・陽子が嫁ぐまでの数年間、一緒にお稽古をしたのも楽しい思い出です。

泉徳千春師範

現在は、徳千春師範のご長男の徳麻呂さんに教えていただいています。ご長男は日本大学芸術学部演劇学科の日舞コースに進み、その後、泉流の初代家元の内弟子になられました。家元とともに、世界各国で日本舞踊を披露し、日本文化を伝える活動もなさっていました。今は新しい流派を創り、樹《たちき》　秀榮《しゆうえい》と改名されています。私は新しい組織の古株弟子になり、のびのびとお稽古を続けております。

その秀榮師匠のお稽古中のことです。「池見さん、息をしていないでしょ」とおっしゃるのです。動きをこなすことに意識が行き、確かに息を止めて踊っていました。日本舞踊の上虚下実《じょうきょかじつ》の動きは、呼吸と腹筋が一体になって初めて実現できますが、完全に習慣化するにはまだまだと気づかされました。

自彊術の習得から始めた私独自の日本舞踊を「自彊の舞」と名づけました。後に、その舞を、尊敬するフランクル教授の講演後に披露することになろうとは夢にも思いませんでした。

自彊術を始めてすぐ、夫・酉次郎に「心療内科の治療に自彊術を加えるべき」と伝え、近藤芳朗先生との共同研究と活動がスタートしました。私も自彊術のルーツである療法を三年間学び、教えることが許される「中伝《ちゅうでん》」の資格をいただきました。そして、姑・多摩の居室だった部屋で、心身医学協会の会員さんや患者さんの希望される方々に自彊術を教え始めました。夫が院長を務める小倉記念病院近くの公民館でも、気心が知れた「中伝」の資格をお持ちの方にお声をかけ、一緒に自彊術教室を始めました。

そうこうしているうちに、腹筋への意識を習慣化するために始めた日本舞踊が、心を満たしてくれることに気づきました。日本舞踊の深い身体呼吸（横隔膜呼吸）が、たくさんの酸素を脳と身体に運び、脳の緊張をほぐし、生きる息吹を補給するように思えました。また、心を病む人の多くは、過去を悔いたり、未来を思って不安になったりしがちですので、今現在の何かに集中することは、脳に良い影響を与えると思いました。そこで、「心療内科の治療に絵や書、音楽やダンスなど創造的なものを加えると、患者さん自身が、素晴らしい発見をするのではないでしょうか」と、夫に申しました。

負けず嫌いで、チャレンジ精神旺盛の夫は、既に社交ダンスを始めて、その効用を感じていましたので、提案はすぐに受け入れられ、そうした活動を「ヘルス・アート」と名づけました。

ヘルス・アートの第一ステップは、自彊術で全身の関節と筋肉を整体し、内臓器官を調整します。そして、第二ステップとして、アートに挑戦することで身も心も元気になるのです。

アートは日本語にすると「芸術」です。「芸術は爆発だ！」という言葉で有名な岡本太郎さんは、「芸術とは、生きることそのもの」、「爆発とは、ドカーンと破裂するのではなく、宇宙に向かって精神と命がぱあっとひらくこと」と言われたそうです。プロにならなくても、その人のできるアートに挑戦することは、命の昇華《しょうか》になると思えました。

ヘルス・アート研究会に進展した試みの成果は、徐々に出ました。絵本を書いて癒された女性、楽器の演奏を始めて癒された人もたくさんいらっしゃいます。また、あるお医者さんの奥様は絵を描き出し、様々な展覧会に入選し、個展を開き、とうとうプロの画家になられました。

子供の教育と心身医学

私たち夫婦と交流のあった、教育に携わる方々の話を聞いてください。

泉徳千春師範は小学校教師時代から、担当生徒の保護者とともに、日舞を取り入れ、知識や技術に偏らない、豊かな人間性を育む全人的教育を試みていたそうです。そして、授業に集中できれば、家に帰ってまで勉強することはないと考え、「教科書は学校に置いて帰りましょう」と、指導されていたそうです。

師範が語る日本舞踊の効用は、喜怒哀楽の感情表現をする情操《じょうそう》教育と、「礼に始まり、礼に終わる」、他者を思いやり尊重する心を育むこと、そして親子がともに学ぶ場を作ることでした。

心を閉ざして他者と関わらない子供が、様々な踊りを稽古するうちに、日常生活で他者と自然に関われるようになったり、母子がともに学ぶうちに、それまで食い違っていた心が通い合ったりすることが多々あったそうです。師範の教える日本舞踊は、ヘルス・アートそのものでした。

立腰教育を実践した
石橋富知子先生

仁愛保育園（福岡市城南区）の初代園長である石橋富知子《ふちこ》先生は、全国で最初に立腰《りつよう》教育を実践した方です。

この保育園では、幼児が正座ができるようになると、小さな椅子に座らせ、「お腰を立てましょうね」と先生が優しく腰をさわり、声をかけます。一回三分間、一日に二回ほどですが、子供の心身の安定に効果は絶大です。一見簡単なことのようですが、先生たち自らが実践しながら、指導するのはなかなか難しく、情熱と根気、そして子供への深い愛情が必要です。

立腰教育とは、哲学者で教育者の森信三先生が提唱した教育方法です。石橋先生は開園まもない一九四八年に、森信三先生に直接指導を受け、今は二人の娘さんが引き継いでいます。

保育園が実践する立腰は、心療内科で指導している、息を吐きながら腹筋を意識する姿勢と全く同じです。子供の心と身体を一つにし、意志力・集中力・持続力、そして主体性の土台になります。

立腰教育の目的は、生きる人間の基本姿勢と品格、礼儀の土台づくりです。その特徴は、腰を立てることと躾《しつけ》の三原則です。躾の三原則とその目的は次の通りです。

一、「挨拶は自分から先にする」。明るい人間関係を築く土台になります。

二、「返事は、『ハイ』とはっきりする」。相手の話を素直に聞く心身の構えの土台になります。

三、「はき物は揃える、イスを入れる」。行動に責任を持ち、物心両面のけじめをつける土台になります。

仁愛保育園を卒園し、この保育園に勤める保育士さんが多いことも立腰教育の素晴らしさの証です。

夫も最後の著書『肚・もう一つの脳――究極の身心健康法』（潮文社）で立腰教育について詳しく述べています。その在り方を、日本各地のみならず、海外からも多くの教育関係者が見学にいらっしゃっています。

畠山國彦先生

全日本幼児教育連盟会長の畠山國彦先生とのご縁は、夫がテレビ番組で、仁愛保育園の立腰教育について話した時のことです。出張で九州に来ていた畠山先生は、偶然番組をご覧になって何かがひらめき、夫に会うためにお越しになったのです。夕食のすんだ夜、突然の訪問でした。
全日本幼児教育連盟は、元々、指揮者、演奏家、教師などの有志が音楽教育活動を行なう「音楽教育研究会」でした。その後、「全日本幼児音楽教育連盟」と改称し、対象を幼児教育に絞り、より深い研究と実践をなさっていました。

畠山先生は幼児を対象にした音楽教育の素晴らしさを実感しながらも、理論的な背景を求めて悩んでいたそうです。そして、夫が番組で話した内容は、畠山先生が求めていた答えそのものだったのです。

太鼓を叩く瞬間は腹筋に力が入り、息を吐いています。大勢の子供たちの太鼓の音が揃う時は、当然息も合っています。「太鼓は、叩く人の呼吸と音の供触《ともぶ》れ」と夫が言うと、畠山先生がとても喜ばれたのを記憶しています。畠山先生、夫、そして私の話は盛り上がり、深夜にまで及びました。

その後、畠山先生は夫の協力のもと、一九八四年に「全日本幼児教育連盟」と組織名を改称し、会長として活躍され、その後もおつきあいは続いています。

仕える妻からパートナーに

自彊術後の患者さんと私の会話が、夫・西次郎の治療に役立つようになりました。

医師である夫に対して無意識に緊張する患者さんも、私に対しては気安さがあり、自彊術をやり、身体と心が柔らかくなった状態では、隠された本音が出ました。

心臓病に悩むある歯科医師も、自彊術後の会話がきっかけで蘇ったお一人です。真面目さと真剣さが自分を縛り、それが治療での患者さんとのコミュニケーションの障害になり、自分の心臓に負担をかけるという事で、入退院を繰り返していました。会話の中で気づきを得、真面目さと真剣さを、患者さんへの思いやりに変えることで、すっかり元気になられました。

また、ほとんど寝たきり状態の漁師さんが、元気になったこともあります。その方は、確かに心臓病を抱えていましたが、病への恐怖がさらに症状を悪くしていました。私は恐怖心を払拭《ふっしょく》する必要を感じ、電話での会話中、「死んでからの献体《けんたい》でなく、生きざまを献体しましょう」と申しました。宗教では「恐れるなかれ」と言いますし、最新の脳科学でも、恐怖心が「ないはずの痛みを作る」ことが証明されました。

私の言葉で恐怖を希望に変えた漁師さんは、漁に出られるようになり、時折、新鮮な魚やウニを届けてくださるようになりました。そして、夫の講義に登場され、体験をお話しになりました。

夫から、患者さんの症状に関して「君はどう思う」と意見を求められるようになり

愛犬と一緒に

ました。夫は医師として、研究者としての豊かな知識がありますが、私にはありません。そんな私が、患者さんの気持ちになると、身体から自然と言葉が湧き出ました。そのことを、夫は著書『ヘルス・アート入門』（創元社）に妻の「無知の知」という言葉で表しています。

同時に、夫が命を削るように研究している心身医学のため、私自身の体験や気づきは役に立つと自信も生まれました。臨床実験に使うモルモットやネズミは語りませんが、私には患者の心と身体の声を代弁することができました。

夫に出会い、姑に出会い、一度は命を絶とうと思った時、生かされている命に気づき、そして自彊術に出会い、その後「自彊の舞」に至った私の生きる意味は、夫の支えとなって、研究をサポートすることだと思ったのです。これこそ私の役割だと確信しました。

今考えると、この頃から、主人に仕える妻の立場から、対等なパートナーとして、意見を言えるようになりました。

私が生まれ育った蒲池家は、夫は家族を守るための外的な役割、妻は内的な家庭運営の役割と、お互いを尊重しながら明確な役割分担がありました。夫の指示・命令を受けて妻は家庭生活を営み、妻が何かする時は、必ず夫の許可が必要でした。そのような家庭で育てられた私は、夫に意見を言うことはありえないと思いこんでいましたが、いつの間にか、意見を言う妻になっていました。

私が無実の罪を認め、悪人にならざるをえなかった姑との葛藤について、夫に初めて正直に伝えることができたのも、意見が言えるようになったからです。驚きとともに「気の毒だったなあ」と言った夫の言葉は今も心に残っています。

第四章　夫とともに生きて

夫の影になって

五十四歳で自彊術に出会い、常に腹筋を意識するために「自彊の舞」と名づけた日舞を始め、夫・酉次郎の医師としての仕事を、陰ながらサポートする毎日が続きました。洗濯しかサポートできませんが、夫の講演会や学会があれば、日本国内や海外にも同行いたしました。スイス、ドイツ、イタリア、スペイン、フランスやイスラエル、そしてアメリカや中国にもまいりました。

学会は奥様を同伴される方が多くいました。私は国内でも海外でも、他の奥様方のように買い物には行かず、いつも夫の側にいました。その様子を心配され、他の出席者の奥様が「池見さんもお土産が必要でしょう」と私の分のお土産を買ってきてくださったことがあったほどです。しかし、私にとって日頃しない買い物よりも、夫の仕事をサポートする立場として、影のように夫の側にいる方が自然でした。

学会のツアーには、いつも観光が一日組み込まれていましたが、夫は観光バスの窓からの景色は目に入らず、ディズニーランドにいても学会の内容で頭がいっぱいのようでした。そして、意見交換をしたい研究者に会うと、必ずその研究者を食事に誘い、議論や情報交換をしました。

パリの街角にて

日常はとても恥ずかしがり屋で控えめですのに、そんな時の夫は大変大胆で積極的です。海外の研究情報を得るだけでなく、自分の研究成果が世界でどれくらい通用するかの確認をしているようでした。

留学経験のある夫はまだしも、私には英語での会話の内容は全く理解できません。しかし、必死な様子で、お互いの研

パリのレストランで

究について語り、質問し合い、研究を深めようとしていることは理解できました。

心身医学の研究は徐々に進んでいましたが、まだまだ少数派でした。私は、夫の研究の方向性が間違いないと理解できるだけで充分でした。

そういえば、パリでも立派なフランス料理店でなく、ホテル近くのレストランでディスカッションしながらの夕食でしたね。

スペインのコルドバだけは、夫が会議中に、一人で観光に参加いたしました。コルドバはスペイン南部のローマ時代から栄えた美しい古都で、千年以上も前に建てられた石造りの宮殿や、円柱が立ち並び、モザイクで装飾された教会、石造りの塔や橋などが、真っ青な空とともに印象に残っています。

誰に気兼ねすることもなく、娘時代に戻ったように、自由に毎日を過ごせる日々は充実していました。

フランクル博士との出会い

姑・多摩との葛藤に疲れ果てて、命を終わらせようと思った時、「どんな人も、生きている意味がある」という心理学者ビクトール・フランクル博士の言葉を思い出し、「生きてみよう」と気力がわいた話はお話ししましたね。その時点では、私は名著『夜と霧』の一読者でした。それから十六年後に、そのフランクル博士に「自彊の舞」を披露し、博士夫妻と私たち夫婦で旅をご一緒することになるとは夢にも思いませんでした。

パリの空港にて

この出会いは、現在、東京千代田国際クリニック院長で、国際全人医療研究所代表理事の永田勝太郎先生の計らいでした。フランクル博士はナチスの強制収容所から生還した体験を通じて、「人間は、動物にはない人間ならではの高い次元の『精神機能』を発揮させ、『人生の意味や責任』を追求する存在」と主張していました。

永田先生は博士が推進する全人的医療を求め、夫が院長を務める北九州市立小倉記念病院に勤務していました。そして、フランクル博士の日本での講演を実現するために、オーストリア・ウィーンを四回訪ね、その熱意にこたえるように、八十八歳という高齢にもかかわらずフランクル博士が来日してくださったのです。一九九三（平成五）年、私が七十歳の時でした。

東京で開かれた最初の講演は五月二十九日、「第一回日本実存心身療法研究会（現在の日本実存療法学会が主催）」でした。

プログラムは、フランクル博士の講演、夫の「東西の実存」をテーマにした講演、そして私の「自彊の舞」と続きました。全国から五〇〇名を超える関係者がお集まりでした。

以前、「気」に関する学会が中国であり、夫が担当する分科会で、私は「舞」を披露していました。それを永田先生がご覧になり、フランクル博士夫妻にも、ぜひ観ていただこうとなったのです。

実存とは、「現にそこに存在していることが重要で、主体的に生きる意味を考え、生きることが可能である」ことです。私が死のうとして死ねず、生かされていることに気づき、自彊術から舞に至った経験は、まさしく実存の経験でした。つまり、夫の講演内容を「舞」として観ていただく意味もありました。

ビクトール・フランクル博士

命の恩人であり、尊敬する博士の前で舞を披露することは、想像を超える出来事でした。このような場面での私は、息を整え、肩の力を抜き、腹筋を締めて、宇宙に身を任せます。私なりの「まな板の上の鯉」の心境です。泉流の祝舞「泉」を、男舞で舞いました。

フランクル博士は、日本人でしたら少々の疲れは我慢するところですが、お疲れになるとステージから下りられて休憩されました。無理に我慢するとかえって迷惑をかけることを知っての、博士流のセルフ・コントロールだと思いました。

フランクル博士夫妻

フランクル博士夫妻と私たち夫婦の箱根旅行は、「この機会にぜひ親交を深めてください」と永田先生がご配慮くださったものでした。

フランクル博士の最初の奥様は結婚して九カ月目に、博士と博士の両親とともにチェコスロバキアのナチスの強制収容所に送られました。そこで二年間収容された後に、貨物列車でアウシュビッツに夫妻とも移送され、別々の場所に移されます。生きているかどうかわからない状況で、博士が愛する妻・ティリーを思って記した美しい文章を皆様に紹介します。

「私は妻と語った。私は彼女が答えるのを聞き、彼女が微笑するのを見る。私は彼女の励まし勇気づける眼差しを見る。そして、たとえそこにいなくても……彼女の眼差しは、今や昇りつつある太陽よりももっと私を照らすのであった」そして、「愛する人が生きているかどうか……ということを私は今や知る必要がなかった。仮に妻がすでに死んでいることを知っていたとしても、この愛する直視に心から身を捧げた」（『夜と霧』）と書いています。

エリーさんと葉満代

終戦を迎え、フランクル博士が収容所から解放されて四カ月後、ティリーが亡くなっていることを知りました。さらに両親と弟も亡くなっていました。肉親は妹だけになります。友人たちは、博士が失意のあまり自殺するのではないかと心配したそうです。

それから二年後に出会い、再婚されたのがエリーさんでした。エリーさんは無邪気で大変チャーミングな方で、過酷な収容所生活で目が不自由になっていた博士を献身的にサポートしていました。講演中も博士の側に座り、片時も離れないエリーさんがいました。

フランクル博士は、お会いした瞬間に心と身体が暖かい光に包まれるような柔らかさを持った、そしてユーモア精神いっぱいのイメージ通りの方で、夢のようなひと時が過ぎました。

六月三日の第三十四回日本心身医学会総会で、再びフランクル博士と夫の講演がありました。そして、オーストリアに帰る出国前の羽田空港から、エリーさんが電話をくださり、「日本の美を見せていただきました」と私の舞に対してのお礼をおっしゃったのです。その言葉は、私の人生の宝物になりました。

フランクル博士は日本での講演の四年後、一九九七年九月二日、九十二歳でお亡くなりになりました。エリーさんとの結婚生活は五十年間で、見事な夫婦愛を見せてくださったのです。

夫・西次郎のアウシュビッツ

フランクル博士は、「誰でも心の中にアウシュビッツを持っている」と書いています。そのアウシュビッツとは、その人の人生における避けられない苦しみや、克服すべき課題を指すと思います。そして、人間はその苦悩から目を背けるか、または向き合ってエネルギーにするかに分かれるのではないでしょうか。

夫は四歳から二年間、祖父・辰次郎が住む現在の福岡市中央区清川にあった大吉楼で生活しています。

夫が「遊廓で働く女性に玩具《おもちゃ》にされた」と申したことがございます。妓楼で仕事をする女性に、まるで魂のない人形を持て遊ぶかのように身体を触られたのだそうです。

遊廓で仕事をする女性たちは一様に不幸な境遇にあります。もちろん境遇に負けない強く優しい女性もいたでしょうが、中には不幸な境遇からほとばしる鬱積《うっせき》を弱い子供に向けた女性もいたのです。

池見夫妻

夫の妹・時子さんからも、「幼い時に遊廓の女性に手首を捕まれ、火鉢《ひばち》の炭で火傷をするいじめにあった」と聞いていましたので、驚くと同時に「やはり」と思い、悲しい体験に胸が痛くなりました。

七十歳を過ぎた夫の言葉からは、傷を心の奥深くに仕舞っていた様子がうかがえました。幼児期の特異な環境と体験、そして父親不在の頼りなさ、肩身の狭さと、母との別居生活の寂しさは、病弱な夫の心身に様々な影響を与えたようです。

その一つが、娘を理由なく叩く癇癪でした。押さえられない癇癪の後、「もうしない。もうしない」と呟くのですが、また同じことを繰り返しました。

夫は無垢で可愛いものが好きで、小さな人形を収集していました。今考えますと、癇癪を起こしたのは娘が中学生になる頃のことで、無垢な我が子が女性に成長する恐れと、遊廓の女性に対する怒りが重なっていたのではないか、と思っています。

夫は幼児期の環境や体験、そして自分自身の心と身体の弱さに苦悩しました。心の傷を抱え、自分で自分をコントロールできない苦悩を解決したいという思い、それこそが、心身医学の研究へのエネルギーの根幹にあったように思えます。

蒲池家の家族のその後

一九八六年、実家の母・道代が八十四歳で亡くなりました。その前年に九州大学病院で直腸癌の手術をしていましたが再発し、自宅に近い久留米大学病院に再入院して二カ月目のことでした。

家族や親戚が病気になると、夫・西次郎が最善の治療が受けられるように、様々な働きかけをしてくれました。そのような夫を、父・龍雄は誇りに思っていました。

その父も、母が亡くなって四年後の一九九〇年、自宅で安らかに亡くなりました。九十一歳でした。父の趣味は日本刀の手入れとお謡《うた》いでした。亡くなる前は、お謡いではなく、仏壇の前で、良く響く美しい声で阿弥陀経《あみだきょう》を唱えていました。自分の死を予感していたのでしょう。口癖は「使用人を口先で使ってはいけない。この人たちのお陰で、私たちがあるのだから」です。人を大切にした人でした。

父が亡くなる数日前に、父を見舞った折のことです。「これをあなたに」と黒の鰐革のバッグを渡されました。父が母にプレゼントしたもので、母が大切にしていたのを思い出しました。同時に、「松ぼり事件」の折の「苦労しているんだなあ」と、つぶやいた父の言葉が甦《よみがえ》りました。このバッグは、私の苦労に対する父からの慰労《いろう》のように思え、有り難く、もったいなくて、一度も使わずに大切にしまっています。

両親も叔父も亡くなりましたが、お陰さまで大正、昭和、平成、令和となった現在も、二人の弟、妹も健在です。八歳年下の徳子は足を痛め、最近はあまり外出をいたしませんが、二歳年下の勵《つとむ》と一回り年下の幹治《みきはる》の弟二人はいたって元気。

当主を息子に譲った勵は、最近まで車の運転をしていました。それも、ご近所だけでなく、高速を使って久留米から鹿児島まで行ったりしていました。もし事故を起こしたら、本人の命だけでなく、相手様、そして祖先が築いた家名に傷がつきます。長女として、それだけは避けなくてはならないと考え、その思いをしたためた長い手紙を弟に書き送りました。それで、やっと運転をやめてくれて、ホッと一安心しているところです。

『筑後争乱記 ── 蒲池一族の興亡』（河村哲夫、海鳥社）という、蒲池一族の筑後における千年に及ぶ興亡の歴史が書かれた本があります。歴史的な考察は様々あるとは思いますが、私なりに読んだ感想は、騙されても、陥れられても恨まず、報復せずの「蒲池家の人の好さ」です。祖父母や両親の有様を思い起こしても、災害や戦争などで頼ってくる人がいると必ず受け入れ、人を拒否することはまずありませんでした。いついかなる時も蒲池家の人はエゴイスト（利己主義者）ではなく、周囲の人の幸せを常に考えるアルトルイスト（利他主義者）だったと思います。

祖先や親から受け継いだ命と、信用や信頼という無形の財産は、大切にしなくてはいけないと思っています。

夫が倒れた頃

夫・西次郎が倒れた時のことは、やはり折につけ想い出すものです。

一九九八年十二月、夫が別棟の書斎から住居《すまい》に帰宅した時、玄関で「書き終わった」と言ったと同時に、崩れるように倒れたのです。昨日まで、最後の著書になった『肚・もう一つの脳――究極の身心健康法』の文章や構成について、秘書と侃々諤々《かんかんがくがく》のやり取りをしていた夫が、書き終えたと同時に、命の糸が切れたかのようでした。

ベッドを二階の寝室から一階の応接間に下ろし、ホームドクターの武谷力先生にきていただき、看病の日々が始まりました。二月のある寒い日に、夫は薄いパジャマ姿のまま庭を歩き回り、その日より高熱を伴う肺炎になりました。それまでは食事も普通にしておりましたが、食べ物が喉を通らなくなりました。

高熱を伴う肺炎は、いつ何が起こるかわからず、予断を許しません。武谷先生と相談し、二月十五日、万全の態勢が取れる九大病院の心療内科に入院いたしました。

入院後、一度プリンを食べさせましたが、むせてしまい、点滴を打つ毎日になりました。

　教え子たちが「池見先生」とお見舞いにくると嬉しそうな表情をし、喜怒哀楽の感情と意識はあるのですが、混濁《こんだく》状態というのでしょうか、普通の会話はできません。しかし、ベッドに寝た状態で毎日、講義や講演をするのです。ある時は学生相手の様子、ある時は一般聴衆相手、研究室の人を相手にしている時もありました。また、英語での講演もありました。国際学会で何度も英語で講演いたしましたから、その再現のようにも見えました。

　私はもちろん毎日病室に通いました。孫の世話がありましたから、朝十時から夕刻までが私、そして夜七時から朝十時までは、長年家の手伝いをしてくれている井手シズヨさんが交替してくれました。夫は、看病をする私たちにも講義をしていました。夫の人生の中で、心身医学に関する講義や講演をしている時間が、一番幸せだったのだ、と改めて感じました。

　六月十二日、夫八十四歳の誕生日に、愛弟子でもある久保千春教授夫妻が病室を訪れ、素敵なバスタオルをプレゼントしてくださいました。自分自身の誕生日を祝ってくれていることを喜んでいるのは、嬉しそうな表情でわかりました。

姑が亡くなってから、東京に居住している時子さんも見舞いにきてくれました。しかし、夫の意識はなく、時子さんの呼びかける声に反応することはありませんでした。

六月二十日から、年一度の日本心身医学会が東京で始まりました。学会終了後の二十四日、会長として臨まれた久保千春教授が、病室に報告にきてくださいました。夫は研究者の発表や、また、ある著名な教授の「ぜひ池見名誉教授にお会いしたい」との伝言を、頷《うなず》いて聞いているかのようでした。ほんの十分くらいの報告を終え、久保教授が病室を退出してまもなく、夫の全身が真っ赤になり痙攣《けいれん》が起きたのです。

1988（昭和63）年、秋の叙勲の記念に

研究一筋の夫にとって、学会は晴れ舞台でした。私には、学会に出席できなかった自分の状態が悔しく、その感情が痙攣を起こしたかのように思えました。そして、その翌日の一九九九年六月二十五

日、夫は息を引き取りました。

入院四カ月と十日。入院中に『肚・もう一つの脳――究極の身心健康法』ができあがり、夫の命と引き換えのように書店に並んでいました。

癌の自然退縮

大学病院の研究者の多くは、亡くなると解剖されます。夫・西次郎の遺体も解剖され、不思議なことが判明しました。入院時の検査で指摘された前立腺癌が消滅していたのです。

癌の自然退縮は夫の研究テーマの一つで、フランクル博士の講演後の自分の講演でも、癌の自然退縮についての研究報告をしました。自然退縮とは、医療的な治療をせずに癌の腫瘍が小さくなる、または消滅することをいいます。夫は余命を宣告されるほどの重篤《じゅうとく》な癌が自然退縮した、信頼できるデータを集め、その患者さんたちに共通する心理や行動を論文にして発表していました。

その論文が認められ、一九九二年に国際ストレス学会により第四回ハンス・セリエ

晩年の酉次郎

賞を受賞したのは、夫が七十七歳の時です。

ご存じの方も多いと思いますが、ハンス・セリエ教授（Hans Selye／一九〇七～一九八二年）は「ストレス」という金属疲労に使われていた言葉を、心の疲労に初めて使った生理学者です。教授は、自然環境などの様々な外的環境が、健康に影響を及ぼすことを証明するために、四十人の助手と一万五千匹の動物実験を行なったそうです。

ハンス・セリエ賞をいただくということは、夫のような学者にとって最高の名誉です。スイスでの授与式に向かう夫の晴れがましい様子は、今も一枚の写真のように記憶に残っています。

癌の自然退縮を起こす人の共通した行動の一つとして、「他者の役に立つことをする」が挙げられています。もしかして、死の床で心身医学について講義し続けた行為が、夫の癌を消滅させたのかもしれません。いずれにしても、癌の自然退縮を自ら証明した形になりました。

私どもの人生

夫・西次郎が遺した「陰の力」（『心のセルフ・ケア』講談社）と題する文章があります。これを私は「私どもの人生」として大切にしています。

夫が心身医学の研究に打ち込んだ人生を、一人の研究者の人生とはせず、「私どもの人生」として、母、そして妻である私も含めていることに、深く感謝し、今さらながら夫婦としての信頼と私への愛情を感じています。このことは夫の研究を別の形で追究してきた長男・隆雄にも通じるものと思います。

ここにその文章を掲載することにします。

陰の力

私が、ひたすら細分化と機械化へとつき進む現代の医学に、「人間不在」という違和感を覚え、数かずの抵抗と戦いながら、心身一如の医学へと開眼していった過程は、「私どもの人生」そのものでした。この間の長く険しい道を、何回も何回も挫折しかかりながらも、どうにか貫けたにつきましては、私を支える無数の陰の力によるところが、極めて大きいのです。

母なるもの

まず、母の力が大きいのです。複雑な家庭に生まれ、不幸な幼時をおくり、結婚生活にも恵まれなかった母の、ただ一つの生きがいは、わが子の成長と発展でした。しかし、逆境のなかで女手一つで、わが子をはぐくみとおすことは、なまやさしいことではありませんでした。

そこで母は必死になって信仰を求め、これを心のよりどころとして、最後の最後まで、「道」を求める私とともに歩こうとして、血のにじむような努力を続けました。しかし、その信仰も十分には実らないままに十一年前に世を去りました。母自身が幼時から母性愛に恵まれなかった生い立ちのせいもあって、母親的な愛執から「母なるもの」へといたる真に宗教的な道の険しさに、最後まで悩み多い生涯でした。

――ぼくは神学校に行って牧師になると言ったら、みんなあざけりののしった。母は涙を流しながらひとこと言った、「これだけ反対されるのですから、生涯やり通しなさいよ」。ぼくは母の涙を流しながらのはげましを、今も覚えている――

これは、私が敬愛する河野進牧師の詩集『母』（聖恵授産所）の一節です。この詩にふれて、私は目が熱くなりました。というのは、私が心身医学を志した当時、周囲の人たちは気違い沙汰だと陰口をききました。そのなかで、涙ながらに励ましてくれた母の言葉が、私の心の支えになってきたからです。

――子供のために、一生苦労した母が、最後にはっきり言ったそうだ、「私が生んだのですからあたりまえですよ」――

という詩にいたっては、私の目から涙があふれてきました。人のやらない仕事を選んだばっかりに一生苦労をかけながら、なに一つ報いることなく、母を失ったからです。

河野進牧師の詩に「母が亡くなってから、天国が近くなった」という一節があります。母を亡くしてからの私は、この詩に深く共感できるようになりました。「母」というかたちで、あれほどまでに切なく「私を生かそう生かそうとしていた力」の恵みによってのみ、今の私があることは、まちがいありません。そのような目に見えない生命の源、かくされた秩序の担い手として、「天の父」、「天の母」をみとめざるをえない人間としての至情が、科学者としての私にも、素直に受けとれるようになりましたのもこのときからです。

無私の献身

もう一人は、結婚以来四十年、複雑な幼児環境のせいもあって、人一倍人間的な業が深く、しかも生来の非才さもかえりみず、未開拓の医学の分野の研究に猪突猛《ちょとつもう》進《しん》する私を、文字どおり捨て身で支えてきた私の妻です。「真珠は傷つきやめる貝に宿る」といわれますが、私自身の業の深さが、光への強い欲求をかきたてているようです。

私の将来に、自分の夢をかけて必死に生きてきた母であっただけに、彼女の家庭内での「妻の座」は想像を絶するほどにきびしいものでした。妻は家族どうしの深刻な相克《そうこく》からくる家庭内の波風を一身に引き受ける防波堤になることによって、私の研究一筋の生活を守りとおしてきたものです。それは、人間の力の限界もあって、二人のわが子への母親としての対応さえも、ひどく犠牲にせざるをえないほどの試練の日々でした。

このような試練が、恵まれた家庭に成人した世間知らずの妻に、なまなましい人生体験そのものをとおして、真の人間性に開眼させる試金石になっていました。そのようなきびしい生活のなかで、人間研究としての心身医学に精進《しょうじん》する私を支えているという使命感が、ただ一つの心の支えとなっていたようです。

実際、私の研究が、しだいに深く人間性の真実をふまえた心身医学の構成へと迫っていくにつれて、妻との会話は、もっとも大切な柱の一つとなっていきました。というのは、私が頭で構成した知識を、この上もなくきびしい日常生活のなかで、妻が生身をとおして感じとった知恵と照合することによって、それが単なる理論の枠を超えて、万人の心に通じうるような、より真実に近いものであることを、確かめることができたからです。

しかも、私が知的にとらえたものを妻に話すと、彼女は言語以前のレベルで、すでにその先を行く真実を体でつかんでいることに気づくことのほうが多かったのです。互いに影響しあって、人間性への気づきが深まるにつれて、私ども二人の間柄は、単なる夫婦というよりは、絶対の孤独に生きるものどうし、求道者どうしとしての出会いといったものに近づいてきました。

妻という光源

私は、今日までいくつかの啓蒙書に、私によって癒された人たちのエピソードを紹介しました。ところが実は、それらの人の治療の根底をなしていたものは、しばしば私の治療の介助の役（陰の人）をしたはずの妻からの「癒しの愛」であったことが、近ごろになって、いよいよはっきりしてきました。

もし私に一隅を照らすほのかな光でもあるとすれば、それは妻という光源によるものです。しかも病める人たちを、人間性の真実への開眼をとおして、健康へと導こうとする私の光の後ろにある妻という光源に気づく人は、ほとんどいなかったようです。

「癒しの愛」は、相手がそれと気づかないほどに無色透明であればあるほど、深く相手の心にしみとおります。また、私のような人間的な業にまみれた凡俗が放つ癒しへの光であればこそ、万人が近づきやすく、それによって暖められやすくなるものと考えています。しかし、それだけに、その光源になるものは、「無私の献身」としての「母なるもの」に近いものでなければならないでしょう。

第五章　夫亡きあとに

夫・酉次郎も自然の一部になって

意外に思われるかもしれませんが、夫が亡くなってからの私に喪失感《そうしつかん》はございませんでした。息をしているからこそ生命があり、息をしなくなれば生命体は終わります。終わった命はなくなるのでしょうか。私は、夫が自然の一部になったように感じました。

今、私は自然の空気を吸って生きていますので、その空気の中にも夫が存在します。影のように寄り添っていた現象は終わりましたが、自然の中にも夫はいると思えば、喪失感はありません。今も夫とともに生きているような、一体感さえ感じます。

そう思える理由は、私が「息さえ止めれば死ねる」と安易に思った時の経験があるからです。実際に息を止めると、苦しくて、深い呼吸をせずにはおれません。そして、深い呼吸の後、当たり前で考えたこともなかった、空気の存在を感じました。初めての不思議な感覚で、私は地球、いや宇宙の一部で「生かされている存在」と気づきました。宇宙を実感した時、同時に神と仏、命の実感がありました。そして「わが内にあると知りしことの遠かりしことよ」の言葉が腑に落ちました。

実は、お釈迦様の悟りと私の気づきが同じではないかと、勝手に思っているのです。お釈迦様は、「人間がなぜ生まれ、老いるのか、また病を得て死ぬのか」を疑問に思い、悟りを求めて、菩提樹《ぼだいじゅ》の根元で座禅をしました。そして答えを得たのは、暗い空一面にまたたく星がきらめいていたある夜明け前。つまり、お釈迦様が悟りを開いたこの一瞬、宇宙との一体感を感じ、自分自身が「生きているのではなく、生かされている存在」と悟られたのではないか、と密かに思っているのです。

フランクル博士の著書『夜と霧』の中に、強制収容所の病棟の窓から見えるマロニエの木とよくおしゃべりをし、その木を「たった一人のお友だち」と呼ぶ若い女性のエピソードがあります。

「木はなんというのですか?」と尋ねるフランクル博士に、彼女は答えます。

「木はこういうんです。『わたしは、ここにいるよ、わたしは、ここに、いるよ、私は命、永遠の命』というのです」

時折、私はこの女性のように、庭木や草花と、会話します。

数年前、植木鉢が割れ、その中で枯れかかった観葉植物を、庭木の側にほっておいた事があります。その日から数カ月たったある日、何気なく庭を見ると、捨てた植物が割れた鉢より大地に根を下ろし、若葉を芽吹かせていました。思わずその植物に「あなた、生きていたのね。生きているのに、捨ててご免なさい」と声をかけました。

その植物は、今では昔から庭にあったように、庭木のそばで葉を茂らせています。

つくづく自然はたくましいと思います。樹木や葉と私の身体は同じように、偉大な宇宙の一部として、一緒に生かされていると思うと、怖いものがなくなり、尽きないエネルギーが湧いてくるのです。

癌とのおつきあい

二〇一五（平成二十七）年四月に大腸癌が見つかり、上行結腸《じょうこうけっちょう》を二〇センチ切る手術を受けたのは、夫・酉次郎の「十七回忌記念の催し」の五週間前でした。その日を目標に回復し、プログラム通りに、式舞を舞納《まいおさ》めることができました。

翌年七月に、主治医の九州中央病院副院長の池田陽一先生から「肝臓に点々と小さな癌があります。名医もいます。肝臓はすぐ回復しますので切りましょう」と言われ、二度目の手術を受けました。

そして、二〇一七年四月には、「これも取りましょう」と横行《おうこう》結腸と下行《かこう》結腸を取り、小腸と直腸を直接つなぎました。現在、大腸はほとんどなくなった状態です。私は、初めから肝臓にも下行結腸にも癌があったと推察していますが、最初からすべてを手術で取り除くことは無理だったのでしょう。毎回ケロッと回復するので、先生方も「この患者は耐えられるに違いない」と思われ、結果的に三年続けて手術を受けることになったように思います。

自彊術普及会福岡支部の四十周年記念大会で、会長の久保穎子先生にお会いした折、その話をしますと、「うわー、三年も続けて全身麻酔の手術ですか！」と呆れたように驚かれました。

毎回、手術をした翌日から、自分の足で、点滴をコロコロ引っ張りながら歩きましたし、一日半後に点滴が取れ、その数日後に傷に差しさわりのない自彊術を始めるのが、私流のリハビリです。術後の不快感も副作用も全くありませんでした。

病院のリハビリは一切いたしません。最初の手術後、先生が病室に回診にこられて、自由に動いている私に驚かれました。日頃続けている自彊術をできる範囲でするのが私流のリハビリで、傷口も、固まった関節も、衰えた筋肉も早く回復するとお伝えしました。実際に体操をして見せ、一緒に病室内を歩いた後、先生は笑顔で納得してくださいました。

最初の手術の後は「そんな治療は結構です」とお断りしたのですが、三回目の手術後、「リンパには癌細胞が残っている。放射線治療をしましょう」と言われ、嫌々いたしました。そして今、一番新しいという化学療法を継続しています。

池田先生が「池見さんが私の母親だったら、絶対この治療をします」と言われ、「この治療を受けるのも、医療に奉仕する私の使命、献体の一つ」と受ける気になりました。

私が受けている化学療法とは、三週間おきに病院に行き、鎖骨の上に針を入れて、三時間ほど点滴します。その後、二〇〇CCの治療液が入った瓶を身体にベルトで固定し、針につないだまま帰宅します。約四十八時間後に針を抜き、空の瓶を病院に戻しに行き終了です。

二日と半日、抗癌剤を入れ続けることになりますね。そして、三週間後、また同じことの繰り返し。これを約三年続けています。

入浴の折など少し不便ですが、慣れれば何てことはありません。いつも病院帰りに買い物をして帰宅、いつも通りの掃除、洗濯などの家事をこなします。体重も減りませんし、何の副作用もありません。髪は少し薄くなったかもしれませんが、鬘《かつら》を使用すれば大丈夫です。

先生は毎月血液検査をし、癌細胞の数値をみてくれています。私は癌細胞が身体の中にあろうがなかろうが関心はありませんが、医者の性分としては癌細胞の数値をゼロにしたいのだと理解しています。

人間は治療も必要だけれども、自己調整や養生などの自助努力、つまり自彊が何より大切で必要だと思い、心掛けております。

欠かせない自彊術と「自彊の舞」

やはり、私の元気の源は立腰と腹筋の強さによるものと思えます。ギックリ腰になった時に、家族にもそれを告げず、痛みを我慢しながら孫を負ぶったり、抱いたりして生活しました。顔は微笑みつつも生汗が出るほどのひどい痛みでしたが、腹筋に力を入れると痛みが軽くなり、腹筋の重要性に気づきました。

正座をする日舞やお茶や三味線、お謡いする人の多くが脚《あし》の関節を痛めます。しかし、立ち上がる時も脚ではなく腹筋を意識し、腹で立つようにすれば、関節を痛めることは少なくなると思っています。すべての人が腰骨を立て、腹筋を締めた状態で過ごされると、日本の医療費は半分に減るのではないかと思うほどです。

自彊術の三十一の動作は半年もすれば覚え、体操を終えた時は腰が立ち、腹筋に力を入れた状態の身体になります。しかし、腹筋の状態は、意識しなければその時だけで終わる可能性があります。一人で体操をするだけでは、慣れが出て雑になります。私がギックリ腰になった時は、まさしく慣れに陥った状態でした。

何事も慣れに陥らないためにも、師を持ち、稽古に通うことは大切です。

そして、日常生活全般で腹筋を意識した状態を保ちたいと思い、日舞を始めました。するると、今度は舞うことで心が癒されました。仏教では、「心身一如《しんしんいちによ》」といい、精神と身体は一つで、分けることができないという真理があります。自彊術と舞をすることで、常に腹筋が締まり、心も安定した心身一如の状態が習慣になりました。

そして私は、私の舞を「自彊の舞」と名づけました。

自彊術の動きの多くは、はずみを利用しますので、他の運動のように疲れません。そして、自彊術が他の健康法と比べて勝れているのは、自分の身体と対話しながらできることです。そうしますと、自分の体調や身体の限界がわかります。限界がわかれば「限界を伸ばすためのオブラート一枚の努力」（自彊術普及会第三代会長近藤幸世の言葉）ができますし、体調が悪ければ、自分自身の生活や心の状態とも向き合うことになります。心身医学とつながっていると思うのです。

これも自彊術の効果でしょうか、私は骨折をしたことがありません。動きとともに筋肉や骨、関節に負荷をかける自彊術の動きは、骨密度を上げるのだそうです。九十歳を過ぎると視力が落ち、車止めなどに気づかずつまずき、何度か転んでしまいました。また、夏の終わり、エアコンの掃除をしようとして、安定の悪い椅子に昇り、落ちてしまいました。さすがに、「今度こそ骨折」と思うほど痛くて病院に行きましたが、診断は「打撲と擦り傷」だけでした。

証明された脳疲労

家族で外食中にビールを飲み失神した時、「私の脳は緊張している」と感じました。

そういえば、三十代の始めに胆嚢炎になった時、痛みが起こると、薬と一緒に卵の黄味を飲んでいたことを思い出しました。

一九六〇年前後の胆嚢検査は、卵の黄味を飲み、胆嚢が動いているかどうかを確認するものでした。胆嚢が動けば交感神経が働きすぎ、動かなければ胆嚢自体に問題があるというわけです。私の胆嚢は、黄味を飲むと動きました。

それからは、痛みが出ると黄味を飲み、胆嚢が動いているイメージをしました。すると、自律神経のバランスが整い、痛みはなくなりました。

私は次第に「病気は脳の仕業だ」と思うようになりました。

夫・西次郎も、「ストレスが大脳新皮質を緊張させ、自律神経のバランスを壊して様々な病気を引き起こす」として、大脳の新皮質と旧皮質の調和の重要性を説いていました。そして、その解消法として、患者さんに「自律訓練法」を指導していました。しかし私は、「三秒で息を吸って、二秒止めて、五秒で吐き出します」などと促されると、かえって脳が緊張して上手くできず、できない自分を責めました。

自彊術が私に合っていた理由の一つが、身体の動きとともに「一、二、三……」と声を出して数をカウントし、脳を使わずに自律神経を整える身体呼吸です。

自彊術を始めて健康になり、自彊術の仲間と楽しい食事やおしゃべりをするようになり、「脳の膿が出た」、「脳が解放された」と脳も元気になったと感じました。

九大で、夫の授業を受けたことがある九州大学名誉教授の藤野武彦先生が、三十年間にわたる延べ四万人の症例データを元に、大脳の新皮質と旧皮質の不調和、つまり脳疲労（ストレス）の蓄積が、肥満、糖尿病、高脂血症、高血圧、うつ病、認知症、癌のリスクを高めるという「脳疲労」概念を提唱されました。

藤野先生は、『脳の疲れをとれば、病気は治る！「脳疲労」時代の健康革命』（PHP文庫）など、多数の書籍を出版されています。その一つ『認知症も、がんも、「不治の病」ではない！』（ブックマン社）を参考に脳疲労について述べてみます。

脳が疲れた症状としては、まず食事、睡眠、排便に支障が出るそうです。快食、快眠、快便ができない状態です。

そして、脳疲労が続くと五感異常（大脳旧皮質）、認知異常（大脳新皮質）により、身体的または精神的な行動異常が起こるそうです。五感異常とは視覚、聴覚、触覚、味覚、嗅覚の感覚が鈍くなるか鋭敏になるかです。これにより身体的行動異常となり、過度な飲酒や喫煙、そして過食をするようになります。認知異常は強い思い込みに囚われることで、精神的な行動異常となり、相手を責めたり、自分を責めたりします。

私自身の心と身体を振り返っても、また、台所から見てきた多くの患者さんの有様を思い出しても、腑に落ちる概念です。

人間は脳に五分間酸素が行かなければ脳死状態になります。「苦しいこの状態を終わらせたい。息さえ止めれば死ねる」と、死を決意して息を止めた私ですが、苦しさに耐えられず、思わず深い呼吸をしました。その瞬間、酸欠状態の脳に酸素が行き、鈍くなっていた五感が目覚め、空気と自然の存在を感じました。そして「息さえ止めれば死ねる」という思い込みが、「自然の中で生かされている」と、一八〇度違う認知に変わりました。すると、「私の生きる意味を見つけなければ」と次の目標が見えました。

そして、テレビのスイッチを入れて自彊術の実技を見た瞬間、「この体操をしよう」と思ったのは、五感の次にある第六感が働いたからでしょう。脳が活性化すると、ドミノ倒しのように前向きに生きる現象が次から次に起こったのです。

脳疲労の解消方法は様々ですが、五感にエネルギーを与えるとよいそうで、夫が忙しい時期に温泉に毎月行っていたのは、最善の方法でした。温泉地の景色（視覚）や自然の音（聴覚）と香り（嗅覚）、そして肌に心地よく温《ぬく》もる温泉（触覚）と、美味しい食事（味覚）をいただき、五感を元気にするからです。

また、「第二の脳」や「小さな脳」といわれている腸を休ませるのもよく、藤野先生が理事長を務める医療法人社団ＢＯＯＣＳクリニックの脳疲労の入院治療は、数日の絶食を取り入れているそうです。

現代の医療に思うこと

天才手技療法師・中井房五郎先生が創った自彊術は、最盛期三〇〇万人の人が実践していましたが、戦後はラジオ体操に代わり、廃《すた》れていました。その自彊術の素晴らしさに気づき、研究と普及に尽力されたのは医学博士近藤芳朗先生です。

先生は、医学をもってても治らなかった最も身近な患者である妻を、しっかり観察し病が治った自彊術を研究対象とし、病に対して有効だとすると積極的に取り入れたのです。

夫・西次郎との共通点は、医師であり、研究者でもあり、病名はついても治療できない病弱な妻が自彊術を実践し、心身とも元気になったことです。二人とも、身近な妻の健康状態を見ていて、自分の使命とする医療や研究を深めました。

最近耳にするのが、目の前に座る患者に目線も向けず、パソコンのデータばかりを見て、診断、処方するお医者様がいることです。

およそ、病を抱える人間の頼みとするのは、医師だと思います。人間は百人百様、しかも日々、心も身体の状態も変わります。まさしく夫が生涯をかけて研究したのは、心と病の関係です。

患者の不安な心に応える医師としての姿勢や態度こそ、患者が求めているもので、医療の第一歩と言えるでしょう。ところが、現代の医学生は知識と技術を学んでも、患者に対する態度を学ぶ機会は少ないのだそうです。私は、医学生こそ、医師としての使命を果たすために、心身医学を学ぶべきだと思っています。

私は、患者の心身一如を診る医師の姿や、医師としての責任存在の在り方こそ、心身医学と感じております。

夫の最後の直弟子でもあり、フランクル博士の最後の弟子でもある、千代田国際クリニック院長の永田勝太郎先生は代表理事を務める国際全人医療研究所において、患者を生活する人としてとらえ、その人生の質を高める医療を推進しています。

永田先生は、医療ミスが原因で寝たきり状態の重篤な病気になり、夫・西次郎の葬儀にお越しになれませんでした。二年間の寝たきり状態を抜け出せたのは、フランクル博士の未亡人・エリーさんからの手紙にあった「あなたが人生に絶望しても、人生はあなたに絶望していない。あなたを待っている誰かや何かがある限り、あなたは生

永田勝太郎先生とエリーさん

き延びることができるし、自己実現できる」というフランクル博士の言葉が大きな力になったからです。先生ご自身の体験も踏まえ、患者の心と身体に向き合い、その人の人生にとってより良い治療を目指す活動が広がることを心より願っています。

また、親子二代で夫の弟子でもある福岡聖恵《めぐみ》病院・安松聖高院長は、二〇一七年六月に緩和《かんわ》ケア病棟「聖恵ビハーラ」を設立しました。緩和ケア病棟とは、治療が施せない死に向かう患者の心と身体の痛みを緩和し、穏やかな時間を過ごすためのサポートをする病棟です。素晴らしい総ヒノキ造りの八角堂もあり、臨床の宗教師も常駐なさっています。臨床での宗教師とは宗教や宗派を超えた僧侶で、患者の苦難を受け止め、心に寄り添う人で、東日本大震災以降、養成が始まったそうです。

患者の心と人生の質を大切にするこの病棟の設立も、夫の意思を受け継いでくださっているようで、嬉しいことでした。

周梨槃特のように生きて

周梨槃特《しゅりはんどく》はお釈迦様の弟子、十六羅漢の一人です。優秀な兄に勧められて弟子になったものの、経はおろか自分の名前も時折忘れるほど、頭が悪かったそうです。

他の弟子からも馬鹿にされ、周梨槃特自身も自分の愚かさを嘆き、お釈迦様に「仏陀《ぶつだ》よ、私はあまりにも愚かなので、ここにはいられません」と破門を願い出ます。ところが、お釈迦様は、「自分を愚かだと知っている者は愚かではない。自分を賢いと思い上がっている者が、本当の愚か者である」と言われ、「お前の一番大好きなことはなんだね？」と尋ねます。

「はい、私は掃除が好きです」と周梨槃特は答えました。

「そうか、お前が掃除をすると、誰がするより美しくなる。経は唱えなくてよいから、お前の得意な掃除を、ひたすらしなさい」

「はい、それなら、私にもできそうです！」

「そうか、ではがんばるのだよ」と、お釈迦様に言われて、嬉しくなった周梨槃特は、「塵《ちり》を払わん、垢《あか》を除かん」と、お釈迦様に教えられた言葉を時折忘れながらも、唱え、箒《ほうき》をもって掃除をしました。

一年、二年、五年、十年、二十年、ただ黙々と、淡々と、ひたすらに。

周梨槃特を始めはバカにしていた他の弟子たちも、その姿を見て次第に一目を置くようになり、やがて、尊敬するようになったそうです。

私はこの周梨槃特が大好きで、私自身が無知無能であることも共感し、このような生き方をしたいと願ってきました。

お釈迦様は大衆を前にし、「悟りを開くには、なにもたくさん覚えることはない。たとえわずかなことでも、徹底して行なうことが大切なのだ」と言われたそうです。

私が嫁いでからやってきたことは、台所に立つこと。この台所で患者さんの本音を聴き、夫・酉次郎に自彊術の効果を話し、「自彊の舞」の意義を話し、ヘルス・アートの提案をしました。願いが叶うならば、最後の日まで台所に立っていたいと願っています。

蒲池家と夫の恩恵を受けて

夫を看取って、早二十年の月日が流れました。今、一番の幸せに感じるのは、家族で集まる時です。

長男・隆雄には真希ちゃんの下に由希ちゃん、明希ちゃんと娘が三人おり、曾孫も二人います。女の子に着物を着せてあげるのは楽しく嬉しいひとときですね。

また長女・陽子の長男・愛城《ちかくに》が、立腰教育という、夫や私と同じ理念を持つ仁愛保育園に勤務し始めたのも、嬉しいことでした。これも、夫の恩恵と思い、嬉しく思っています。蒲池家の祖先からつながる私の命が、夫・池見酉次郎と出会い、子や孫につながり、様々な縁で紡がれ、今の喜びがあります。

現在、私の生きる支えは、苦悩と葛藤と喜びを併せ持つ、夫とともにあった過去の人生です。

尊敬するフランクル博士は、「どんな人の人生もアウシュビッツ（苦悩）があり、

体操服姿で舞う葉満代

生きる意味がある」としました。私のアウシュビッツは姑やその他数々の葛藤でした。私は、「私の生きる意味を確かめなければ死ねない」と考え、何度も自分自身に「私の生きる意味」を問いかけました。そして、「夫の研究のサポートと実践・実証」と答えを出しました。

今こうして、私が生まれてから現在に至るまでの人生をお話しするのも、その一つです。

そうそう、自彊術普及会九州・中国総支部の四十周年記念大会（二〇一八年）で、体操着で祝舞を踊りました。宮本縒子《よりこ》総支部長も、お集まりになった八十歳以上の会員の方々も、体操着で踊る舞に驚かれましたが、「私の舞は体幹を意識した自彊術の動きそのもの」であることをご覧いただく、最後の機会と思ったのです。

夫の最後の研究テーマは「死の受容」でした。「死の受容」、つまり、私自身がどのように死ぬかの責任を感じているのです。今の私はそのために生きているともいえます。

今、仮に新たな癌の診断が出ても、不安は感じません。もしかして、全身に癌があるかもしれませんが、仮にそうであっても、宿命的に決められた医師との出会いや治療があると思います。自然体で治療を受け、命が終わるその日まで、自彊術に励み、上虚下実で「自彊の舞」を舞い、台所に立ち、時折一呼吸をして、淡々と過ごしたいと願っております。

できれば、誰の手も煩わせることなく、逝くことができればよいと願っていますが、これだけはどうなるかわかりませんね。

私のつたない、とりとめのない話が、一瞬でも皆様のお役に立つならば、この上ない喜びでございます。『台所の心理学』をお読みいただいた皆様に、心より感謝いたします。ありがとうございました。

母とともに

（一財）日本心身医学協会代表理事　**池見隆雄**

父の初めてのアメリカ留学（昭和二十六〜二十七年）の間、母と私、妹は、母の実家「池亀」（蒲池姓）にお世話になった。

私はそのとき二歳だったわけだが、一つの情景を、そしてそれのみを、いまだに記憶に留めている。乳母車に乗せられた妹の傍らに、私はただたずんでいる。ところは、表座敷に連なる小庭だったと思う。

幼い私たちだけがポツンと、まるでその場にとり残されたかのようだった。母始め子守さんなど大人たちが、短時間にせよ、何らかの用向きで同時にその場を離れねばならなかったのだろうか。

直ぐ私の目の前に、赤紫色のケイトウの花が咲いており、蜜を求めて蜂が一匹、それへ来ていた。夏期には、日中も、造り酒屋に活気は求められない。まして街の喧騒とは無縁の、筑後平野を貫流する大河に沿う一角。静寂があたりを領していたと思う。それが、持続的なブーンという蜂の羽音の介入によってひとしお深められる。

ふいに私は、恐れ・怯えの感情に取りこめられた。それを成人した後に振り返って、――静寂の極まるところ、幼児なりに、いや分別にわずらわされない幼児ゆえに〝永遠（虚無）〟が直覚され、しかも有限の自我意識にとって、一瞬であれ、それへの直面に耐え難く、恐れ・怯えに捉われたのだろう、と解釈をしていた。

しかし、今度、この書物の著者、秋月さんに、私へも一文を寄せるようと求められ、何を書こうかと思い巡らす中に、従来の意味づけとは異質の、これらの感情の源が意識化されたのだった。

――常に自分たちに寄り添ってくれているはずの母が、代理の者さえ置かず、まるで自分たちを見捨てたかのように不在だったという状況が、当時の私に、永遠、あるいは虚無にも等しい底知れない恐れ・怯えを呼び起こしたのでは、と。

つまり、少なくとも小学生までの私と、私の所属する世界とは、母あって初めて、生気と意味とを帯びることができたのかもしれなかった。

その母が、取り分け私の小学生時、本書に表されている通り、夫の側の親族間の確執に巻き込まれ、ほぼ無抵抗のまま根底から揺るがされたわけだが、それを直接目の当たりせずとも肌に感じていた私や妹の無力感、魂の荒涼はいうまでもない。

しかし母は、その苦境をしのぐ過程で自前の死生観に開眼し、次いで自彊術や日舞との出会いに恵まれてセルフ・コントロールのすべを会得、それが父の心身医学研究にも寄与した。

さて、母とのつき合いも、今日でちょうど、七十年と八か月目を迎える。

母に自らの人生を振り返る機会を与えて下さった秋月さんと、秋月さんが『台所の心理学』を一本にまとめられるに当たって、助力を惜しまれなかった方々へ感謝しつつ。

二〇二〇年四月二十一日

聞き書きを終えて

秋月枝利子

池見葉満代さんから話をお聞きしたいと思ったのは、葉満代さんの「私の心理学は、台所の心理学ですから」という言葉を聞いた瞬間でした。それは二〇一五（平成二十七）年、池見酉次郎先生の十七回忌を記念した催しの中、長男・池見隆雄氏が進行役（ファシリテーター）を務める、酉次郎先生と縁のある方々との即興的な会談の席上でした。私は池見酉次郎先生が創設した一般財団法人日本心身医学協会の会員で、その日の総合司会を仰せつかっていました。

「台所の心理学とは何だろう、現実的な知恵が詰まっていそう」と直感したのです。

ご本人にお話をお伺いする前に、日本心身医学協会の代表理事でもある隆雄さんにご相談をしました。どんな話を聞くことができるか、皆目見当もつかない状態でしたが、「母は、今まで自分自身の話をすることはありませんでした。聞いていただけるならば、母にとってよい時間になるでしょう」と快諾していただきました。

二〇一六年の初夏、「葉満代さん」とお呼びすることを許していただき、お話を録音し、文字に起こし、原稿に書き直し、それを葉満代さんに確認をいただく繰り返しが始まりました。

関東大震災の二十五日後に生まれた葉満代さんの、幼少期から現代までの生活や出来事をお聞きしていると、それが何年なのか、すらすらと出てくる記憶力の正確さに驚きました。メモに頼らず記憶する習慣には理由がありました。ぜひ、本文でご確認ください。また、葛藤があったお姑・多摩さんを「母上」と敬う言葉遣いにも驚きました。

いつしか三年が過ぎ、大正、昭和、平成、令和と目まぐるしく変わる時代を生きた人生の記録は、ボイスレコーダーに五十時間を超し、気が付くと、葉満代さんが毎朝話しかける庭の観葉植物のカポックが一回り大きくなっていました。

最終章を書き終えた後、葉満代さんから届いた手紙に、酉次郎先生が妻・葉満代さんについて書かれた文章が同封されていました。そこに「互いに影響しあって、人間性への気づきが深まるにつれて、私ども二人の間柄は、単なる夫婦というより、絶対の孤独に生きるものどうし、求道者どうしの出会いといったものに近づいてきました」とありました。心を打たれると同時に納得しました。

葉満代さんは自分の存在意義を「夫の研究のサポートと実践と実証」とし、その道をひたすら求めました。そのことが、かつて夫や姑にただただ仕えた妻ではなく、いつしか一人の自立したパートナーとして夫と繋がることになりました。西次郎先生は、一九八八（昭和六十三）年に日本の心身医学の先駆者として叙勲の際、新聞社のインタビューに、「妻は共同研究者」と応えています。

葉満代さんは、二〇二〇（令和二）年二月、急性心不全の治療のために四度目の手術を受けられました。そして、術後九日目に退院され、今まで通り台所に立ち、家事をこなしていらっしゃいます。まもなく九十七歳になる葉満代さんの人生の記録は、皆様のよりよい人生の参考になる何かがあると信じます。

西次郎先生の十三回忌イベントでの自彊術のデモンストレーションを見て、私が申し込んだ教室の講師は、自彊術普及会の久保穎子会長と宮本縫子九州・中国総支部長でした。久保会長は葉満代さんが自彊術を学んだ講師、そして宮本支部長は葉満代さんと同時期に入門した生徒だったとのちに知り、この偶然に驚きました。

この聞き書きを日本心身医学協会の会報「セルフ・コントロール」に連載していただき、それを久保会長が読まれ、出版することができました。

出版にあたり、私の高校の同級生で、自彊術教室の先輩でもある成田眞理子さんにお世話になりました。私の文章をよりわかりやすくするサポートをしてくださいました。

多くの不思議なご縁を紡いでくださった大いなる力に、改めて感謝申し上げます。

二〇二〇年四月二十七日

秋月枝利子（あきづき・えりこ）　フードサービス業、人材派遣業の営業、教育担当を経て教育コンサルタントとなる。「良い人生」をモットーに、コミュニケーション教育、ユニバーサルサービス教育、管理者教育、脳疲労解消セミナーなど幅広い人材教育を実施する。著書に『40歳を過ぎたら考えたい　快適な老後のための7つのヒント』（海鳥社、2002年）、『元気になるコミュニケーション術』（海鳥社、2008年）、『じいちゃんの青春』（海鳥社、2014年）、共著のテキストに『ユニバーサルサービス講座』（ホスピタリティの定義）、『高齢者・認知症のお客様への接客サービス』（気づきを深める）がある。現在、秋月オフィス代表取締役。

台所《だいどころ》の心理学《しんりがく》　池見《いけみ》葉満代《はまよ》聞《き》き書《が》き

■

2020年6月10日　第1刷発行
2020年8月20日　第2刷発行

■

著者　秋月枝利子
発行者　杉本雅子
発行所　有限会社海鳥社
〒812-0023　福岡市博多区奈良屋町13番4号
電話092（272）0120　FAX092（272）0121
http://www.kaichosha-f.co.jp
印刷・製本　モリモト印刷株式会社
ISBN978-4-86656-077-9
［定価は表紙カバーに表示］